怪物君

I

アリス《(唖隣巣)》、アイリス《(愛栗鼠)》、赤、馬、赤、城、、、、、、

イシス《(石巣)》、イシ《(石)》、リス《(栗鼠)》、石狩《イシカリ》乃《ノ》香《カ》、、、、、

兎《(ウッ)》！巨大ナ静カ、サ、乃、宇《(ウッ)》！

″黄泉《(ヨミ)》、

を《(緒)》、

折りたゝム《(多)》、、、、、

、

シ″

シ（死）乃、フルダ、ミ、フルダ、ミ、如何《どう》して、アンナニ、シン（芯）ヲサラシテ（晒シて）ホーリダサテ《手》タノ？　多乃？　多乃？

「裸のメモの小声」——「わたくしにとっての3・11後の世界へ」をテーマ（*Theme*。ドイツ語。主題、題名）にと、「朝日新聞」（電子版）、「現代詩手帖」の依頼（***or*** 歩行への誘い ***or*** ひ、（火）と）によって、こノ、、、、、氷山ノヨーナモノハ、い（う）ごきはじめることとなった。巣造りの蜘蛛が不図、迷うようニ粒焼くのを聞く。そう、、、、、。日を継ぐようにして、そうして、「一足（脚）に近寄る、もう一足となるように、、、、、言葉乃、網《アミ》を、、、、、根垣（ネガキ？）のところで一針、一寸《スン》縫い合せるようニカ。ほゞ、一年ノ「詩作」となる筈、——。題名は、おそらく変らず、、、、、。（イヤ『怪物君』ニ、、、、、）ホゞ三千行、、、、、「ハクハツ三千丈」乃生涯となることでしょう、、、、、。はじめて読んで下さる方々ニ、ありがとうヲ。二〇一二年二月六日、石狩河口。

Temporary space（中森氏）札幌での二〇一二年のタイトルは「ノート君」、二〇一三年「怪物君」乃「君」毛、永山則夫氏ト蕪村さん乃「北寿老仙」。二〇一四年ハ「水機《ミヅハタ》ヲル日《ヒ》、、、、、」だった。

二〇一五年八月、一年が四年ニ。傍《ソバ》ハ折口信夫の「傍丘《ソバヲカ》」、與謝蕪村の「辺《ホトリ》」、無意識の紙裏《ウラ》ニ、吉本隆明氏『日時計篇』乃「くちゃくちゃの日時計」ノ下《シタ》地乃野伽、、、、、コノ蜘蛛め（奴）の生ガイとなった。

白《(ブラーンシュ=*blanche*)》狼《ルー(*loup*)》、
下《を(緒)》り、
(サ死)(折レ、、、、、、)
掛《(か)》かったとき、
タノ《(多乃)》、タノ、
ユキ《(雪)》が、ンテ《(手)》、タ《(卵)》、ノ、ンテ《(手)》、タ《(卵)》、ノ《(乃)》、ンテアル、、、、、、
リクゼンタカタノスナヤマノカケ、、、、、、
、、、、、ケカノマヤナスノタカタンゼクリ
、、、、、巨《(オホ)》キ、樹《(奈)》木《(き)》、掻ク手《(ティ)》、ハタライ、テ、、、、、、イ、テ、、、、、、
、、、、、テキ、ゼン、ジョ——リ《(離)》、ク《(久)》、、、、、宇《(ウ)》、、、、、
(テンテンテンテンテンハ、ソラノヨウセイノオシリ、オシリ、オシリ、、、、、、オリシ、オシ、シリ、オリシ、、、、、、)

「日記性」「手紙性」「独言《ヒトリゴト》性」「親友《トモ》の名」乃消えないようニ、残りますようニと心懸けラレた。二〇一五年八月十五日、箱根、強羅仮寓。

「乃《ノ》」と「能《ノ》」について〝定家という人は三種類の「の」を使っているんですね。乃木大将の「乃」と丸まっちいこの「の」とね、お蕎麦屋さんの「れ」(能)と三つの「の」を使っているんですね。〟吉本隆明氏発言『書 文字 アジア』(筑摩書房、一七八頁)。

わたくしたちには、きおくを燃やして仕舞う、空気を(緒)、に(仁)さわる、手乃、万象ニさわる手ニ、なら(習)って、その息(いき)ニさわる、そしてハンキョーランニ書くこと、その責任が生じた、、、、、。謳《ウ》、麻《マ》、零《レ》、タッタ、、、、、)。そして、燃やして灰となったものニ、あらたなヒを傍らに近づけるようにするソノ航路ヲ、ユメのなかニモ、絶えず刻んで行く心、、、、、ソコ仁、さらなるキョーランが生まれるのではないの(乃***or***能)ではないか、、、、

アリス《唖隣巣》、アイリス《愛栗鼠》、赤馬、赤城、、、、、オヽヌマノコテイヲ沈メ、セシウム、九五〇*becquerel*、コテイニ沈メ、オヽヌマノ、オ、奴-魔-乃、、、、、

イシス《石巣》、イシ《石》、リス《栗鼠》、石狩乃香、、、、、イシカリノカコ、イシカリ乃、古、石狩乃、幽霊乃家、家、家、、、、、

兎《ウッ》！　巨大ナ静カサ、乃、宇《ウッ》！　コ、ノ、ワクセイヲ（緒）ミヅ（水）伽、ワカレテイク、オリノ、シグサ（仕草）伽、ミヘテイタ、、、、、イタヨ《世》、イタゼ《ze》

〝黄泉《ヨミ》を《尾》、

折りたゝム、、、、、

シ〟　꺾다[k'ɔkt'a：コッタ]：コクタ、タコク、……はんぐるヲオボエタコトノアッタオリクチシノブ（折口信夫）、、、、、

白《ブラーンシュ=*blanche*》狼《ルー（*loup*）》、

ル━━、イリ、

シキュウ《手宮》乃

、

ユキ、

ミチ《三》

〝折ルノコクタ〝ノ

タノ、コ、エガキ、コエ、テキ(手)ニイタ、、、、、、

萱《カヤ》窪《クボ》、萱《カヤ》窪《クボ》……（二〇一二年二月一日、午後一時四十五分、武蔵乃国の山の奥ヲ、、、、、、）
萱《カヤ》窪《クボ》、萱《カヤ》窪《クボ》……（無言乃ロ（くち）乃、亜《ア》、ン、太《タ》、ほ(仏)っと、ンド、素戔嗚乃様《ヨー》、、、、、）
萱《カヤ》窪《クボ》、萱《カヤ》窪《クボ》……（二〇一二年一月二十九日、*Marilya* 乃巴里から乃〝音《トーン》〝ヲ傍《かたはら》ニ考へて居た、、、、、）
萱《カヤ》窪《クボ》、萱《カヤ》窪《クボ》……（*Bonjour Marilya, Sooky nous a quittés à 15 h. Elle n'est pas partie seule. J'ètais à ses côtés. (In English: Hello, Marilya, Sooky has left us at 3PM. She did not leave (die) alone)*）

籠手《コテ》トモ、コ　テ、、、、、、乃アハ(泡)　ユキ(雪)、キコ、エ、テクル *côtés* 乃S(巣)=ム、音ニ(仁)、
ミ、ミ、緒、ス、マシテル、イリ、白狼(ブランシュルー)！

〃黄泉《（ヨミ）》、
を《（緒）》
、折りたゝム、、、、、
シ〃

シ（静）*flings a Mattress out* ——〃古畳を抛り出セ！〃乃、……*Emily Dickinson* 乃抛声《ホーリゴエ》ダッ！

ヨコタ《（毛）》　ヘノコ《（毛）》　抛り——りだ《出》ーぜ《（ze）》！
古畳《フルダタミ》ヲ《（緒）》
ル——
ル——
縫《（ヌ）》ッテル、
ル——天狼《テン、、ロー》

Emily 乃 *écriture* 乃スアシノアシオト *or* 裸足乃足音ヲミミにミテミテクダサイ。ダーシュ（*dash*）〃伽〃スイチヨクニノビタクモ（雲）ノヨウナノ。ホントーハ、スイヘートイワナケレバナ、ラナ、ナ、イノニ、……。実ハ、ココロヒソカニ、ワタクシハ、ダーシュ（*dash*）〃伽〃、*Emily* 乃ココロノカッソーロ（滑走路）トカンガエテイルノデアッテ、ミロ、ミロ、ミロ、……*flings a Mattress out* —

ル——

縫ッテル、

ル——天狼《テン、ロー》

〃黄泉（ヨミ）、

ヲ（尾）

、折りたゝム、、、、、

、

シ〃

シ（静、）、ドーゲン、コブツドーゲン、アンタノユイゲ（遺偈）乃〃活陥黄泉〃環々

〃折ル／コクタ〃

［折る］꺾다［k'ɔkt'a：コッタ］

ノ聲シキコヘテ来テタ、、、、、、タ

There's been a Death, in the Opposite House,
As lately as Today —
I know it, by the numb look
Such Houses have — alway —

The Neighbors rustle in and out —
The Doctor — drives away —
A Window opens like a Pod —
Abrupt — mechanically —

Somebody flings a Mattress out —
The Children hurry by —
They wonder if it died — on that —
I used to — when a Boy —

お向かいの家に、死人が出た、
ほんの今日のこと——
わたしには分かります、そういう家に
いつも生まれる——麻痺した表情から——

ご近所が忙しく出入りする——
お医者さんが——馬車で去る——
窓がエンドウ豆の莢《さや》のようにあく——
不意に——機械的に——

誰かが敷布団を抛り出す——
子供たちはあわてて通りすぎる——
この上で——死があったんかと思いながら——
子供の頃——わたしがよくそうしたように——

....

（『エミリ・ディキンソン詩集』（岩波文庫、赤 310－1　104～105 頁　亀井俊介氏訳））

눈［nun：ヌン］＝眼

、、、、裸《ラ》、ギ、裸《ラ》、ギ、［裸］알몸（裸体）［almom：アルモム］

奴《ヌ》、ン、、、、、モム

裸《ラ》、ギ、裸《ラ》、ギ、、、、、、

눈［nun：ヌン］＝眼

あ《(唖)》、りす《(栗巣)》、あい《(愛)》、りす《(栗巣)》、あかむま《(赤馬)》、あかぎ《(赤城)》
いし《(石)》、す《(巣)》、いし《(石)》、りす《(栗巣)》、いしかり《(石狩)》、のか《乃香》
う《(兎)》！きょ《(巨)》、だい《(大)》なし、ずかさ《(静香差)》乃、う《(宇)》！

〝古畳ヲ抛リ出セ！〟等《ト》、カマイシ、ヤマダ、ナミエ、ソーマ、フタバ、リクゼンタカタ（じゃずorずーじゃ乃祭乃市＝マチ）、スアシノえくりちゅーる乃波頭伽、はっきりと顕って来ていた、、、、。イエノナイマドカラ古畳緒抛リ出セ！ コノ古聲仁辿リ着クマデ、だぐらす、DC−3、ぜろせん乃亡父一馬仁出逢ひ、ダイカッソーロ緒獨りとぼとぼ歩く盲亀《モーキ》乃巨《オーキ》ユメに出逢ひ、ヨコタノ「石狩シーツ」乃びじぉよん緒い抱いて、シナナカッタ。ニトーヘイ、サントーへ、アカセン（赤線）アカボー（赤棒）、、、、ソーシテ、とうとう、クウ（食）仁、トビタツ、ろーそん青乃さんりくてつどう乃赤銅せん＝あかどーせん仁、Emily=Mattress out 乃ドゴー仁辿リ着いたのだ、、、、。オレ毛ぷろてすたんとダドモ、ダドモ、しにぎわ乃えくりちゅーる伽、チカヅイテ、キタ、、、、、。

（二〇一二・二月五日、カンパノパリナノネ、古《コ》Issei キ《着る》レテ、ウレシナノネ、、、、Claude 仁、多、鶴、音ッタラ、côtés ニ、アイブノ手《ティ》ハ、イッテルノネ、ラシイノネ、、、、、ソノ《(其)》ソウ《(孫)》ノ《(野)》、、、、、）

稲妻ノ墓

〃ホントーノコトモ隠セナクナッタノネ、、、、、〃と、一《ひと》夜《よ》、子雷《コガミナリ》が、傍に休む父雷と母雷に話し掛けた、、、、、。

〃ソウネ、安ラカナ静カナコノ穴《ほら》ニモ、ワタクシタチハ、イラレナクナッタノ、、、、、〃父雷は、ソウジャ、海戦のときの思い出も、一緒に運んで、この遊星の外へ、、、、、子雷《コガミナリ》ガ心配そうに尋ねた、、、、、〃ネェ、パラグァイ、アルゼンチン、駄目ナノ？〃〃いや、この遊星の命ハ、尽きたのだ、、、、、わたしたち「稲妻ノ種族」も、この水溜りから去っていく、、、、、〃

河童も棲んだ馬足跡《うまざくり》、刳り舟の影《かげ》、、、、、古井戸《ウリカー》や窪《くぼ》みたちが、歌を歌う、、、、、。

〃奇麗だったよ、この遊星の折り目よ、、惑星の縫い目よ、さようなら、、、、、〃

ハクジョウ（白状）ハダカメモ（裸メモ）。長い旅をご一緒してくださる方々へ乃、、、、、。ほゞ四年間で、今日（8 AUG 2015）六百三十葉ニ達している。作中、、、、、というよりも作中裏（「サクチューリ」、、、、、オチャノウラセンケみたい）カラノコゴエを。シジン（詩人）ニナリタイ、シジン（詩人）ニナリタイト、シジンニナンテナレルワケガナイト、オモイツヅケルココロノコエヲ、タシカニ、ショウガイキ、キツヅケテキテイタ。クルワナイヨゥデハ、ハタセナイトイフコゴエモ、ソノソ、バデキイテイル。ドッチニモ、〃イキノビレラレナイトイウ〃トイフ、クヤシイコエモ（毛）キキツヅケテキテイタノカモシレナカッタ。イマ『カイブツクン』ノク、ナンニナ、ルノデショウフナデ（船出 *or* 船手、、、、、）ニアタッテ、トキオリノイナズマ（稲妻）ノヨウナ、ミジカイシ（詩）ヲ、ひらっってきて（no. 138. 2012. 7. 4付乃詩編、オミヤゲノヨウニ、（いたこさんがいってたな）ココニ置かせて *or* 据えさせて、、、、、（そうか。おみやげヲハナノヨーニ供（そな）えさせて、クナサイ。8 AUG 2015 佐々木中新訳にーちぇ「つあらとすとらカクカタリキ」（カワイデブンコ）ニジウイチぺーじウシロカラゴギョウメ――いなずまヲ◉ニシテイタ……。コトガ、イナズマ・ノコ（稲

兎《ウッ》！
、
タタム（畳、、、、、）
（折レ（麗）
、
ヒカ、
リ）
、
蹲《タヾ》ム、、、、、、
しゃがむ 웅크리다［unk'wrida：ウンクリダ］＝かがむ
、
（折レ（麗）
、
ヒカ、
リ）

タ、、
、タマ、、、、、、
〃残余、、、、、、と綴った刹那ニ、陸前高田《リクゼンタ、カ、タ、》乃聲がシタ〃

妻ノ子）ヲ呼ビダシタノカモ知レナカッタ

ココ、出毛ハクジョウ（白状尾）——ノ、ハツコイ（初恋）乃。詩乃通道（フロイト）*or*産道乃——。蹲ム、掘ル、白狼等蜘蛛等奴がケサ（今朝）アミヲハル乃ハ、ソレゾレノ世界ソーゾー（創造）ナノデアッテ、、、、、「稲妻ノ墓」乃詩篇ヲ、シジンニナリタイ、ドーシテモナレナイ、、、、、ココロノアミ（網）ガナゲラレ（零）テ（手）、ソイデ、セカイソーセイノアナ（穴）ホリ（掘リ）ガ、セイドウ、コドウ（鼓動）シテイタ、、、、、「日付」印モ（毛）折リ、下リ乃アナナノダ、折リ、下リ乃アナナナノダ。モヒトツ。佳作『ジミ・ヘンドリクス・エクスペリエンス』ヲ読ミオヘテスグ、聞イテタ「ジミ・ヘン」ト、詩乃手乃仕草、、、、、（シノテノシグサ、、、、、）ハ、ツウテイシテルゼ（*ze*）。イタク（板久、、、、、）イタコ（板古、、、、、）ジミ、ヘン環、ジミヘン乃手（ティ）環、板久、、、、、板古、、、、、

ココニハ、カイブツクン（怪物君）ガ、下底へ、カテー江、、、、、キケン乃巨樹《おほきき》ガ、ソノハナ（花）乃根

NOV 12 2012　午後三時*Tokio*、*Patrick Chamoiseau* さんの大作、塚本昌則氏訳ほゞ一千頁を、十日間かけて読み了えて、こんな言葉も、存在もない筈なのだが、、、、、

とても丁寧な巨樹《おほきき》がこころに樹《た》－間つ気がしていた、、、、、

午後六時、NOV 12 2012、、、、、おそらく〝こころ、、、、、〟というものが初めての驚きに驚いて、九〇六頁の後ろから三行目、〝蘭は永遠と親しみ、質素で、ほっそりとしていて、、、、、〟亡き親友《とも》中上の口惜しそうだが細めた◉が傍らにたつ、この詩の第一行に、*Chamoiseau* さんの仏蘭西語がみえている気がする、、、、、。なんだろう〝おしむ、、、、、〟（読むのを惜しむもそうだけれども、もっと深い、、、、、）そして、おそらく、初めて感じているらしい〝おしむ〟が、この書物の中心に〝樹《た》－間〟っていて、読み了えて、まわりを廻るということが起っていたのだった、、、、、。あるいはバルタザール・ボデュール＝ジュール氏が〝水を撒き、雑草を取り去り、掃除した〟（八八六頁、七行目）身が、仕草が、*Patrick Chamoiseau* さんの、この「紙ノ家」の紙とペンの擦れる音、あるいはそっと吹かれているらしい〝聞こえない口笛〟にも聞こえて来ていて、、、、、わたくし毛、

わたくしたちの声の深淵、、、、、わたくしは初めて口笛がとどく未来を知ったのかもしれなかった、、、、、

〝アパトゥディ《〝それだけでは足りない〟》〟＝いや、それだけで充分だった、、、、、

NOV 13 2012、、、、、*Patrick Chamoiseau* さんの大作に捧げる詩篇の無言の徴か誰かの口に似た〝、、、、、〟が、たとえば八九六頁から八九七頁〝、、、、、大気を水蒸気でいっぱいに満たし、それが壁や生命の上に靄となって置かれ、蘭たちがそれを飲む〟の、、、、、わたくしが置いた宇宙の傷口、〝、、、、、〟毛、ありがとう、*Chamoiseau* さん、、、、、

、、、、環、蘭が呑ム靄《もや》の隕石《いんせき》であることに気が付く径《ミチ》に初めて差し掛っていたのだった

毛（コンゲ）尾、ノバソウト、「怪物君」乃本當乃口（クチ）乃穴（アナ）伽、ヒラキハジメテル。〝蘭伽呑ム＝靄乃隕石〟ヲ、ニギル、チノアセ伽、オソラク、コイツノチノイロダ

サクヒン乃ケッコー
サクヒン乃ケッコー

口笛緒吹クヨーニ
唾（ツバ）ノハナ（華）ヲ
吐キステタ

緒

サクヒンノケッコー
サクヒンノケッコー

緒

オマヘ、ホントーニ
聲緒、カラセタコトアルノカ
オマヘ、ホントーニ
聲緒、カラセタコトアルノカ

2012年11月13日(火)13：27 ORGANIC CAFÉ 東京駅店、の片隅に、雨も降ってはいないのに雨宿りするようにして坐っていたのは、*Chamoiseau* さんの「書物」の〝靄〟の下る力であった。〇三九頁左隅の＊3の〝ハチドリの卵のひび割れ〟の初めて聞く、径とわたくしの命は並んで、〝歌い＝歩いている〟のであって、歌った＝歩いた。わたくしは、「書物」の樹－間肌仁、左、環、離、奈、伽、裸、、、、、(さわりながら、、、、、)〇四七頁左隅の〝死の始まりというものは存在しない。それは受胎の瞬間から存在し、誕生を包みこみ、存在者のなかに宿り、未来へのさまざまな影響の積極的な原理でありつづける。死は積極的な生が営まれる場所の裏側、、、、、裏側をなしている。〟

靄《もや》の隕石の裏の小径緒言葉を枯らしながら、〝月よ、ここだ、、、、、《ティギ・ド・トロ、……》〟と口笛を吹くようにして、わたくしたちは水底《みなソコ》乃「書物の径《みち》」乃*URA*、*URA*乃径《みち》緒、初めて歩くこと仁なった、、、、、

NOV 14 2012、、、、、『大作／カリブ海』乃二度目乃精読に這入って、おそらく、この「大作」中乃、もっともお気に入りの一行、、、、、〇八五頁、後ろから八行～六行乃
〝クレオストは、木々の大きな根のあいだ、雨が靄《もや》のようにかすんでいる闇のなかを、昼の一面明るく照らされたときと同じくらい楽々と進んでいった〟伽

水《m》、水《m》、、、、傍点乃霞仁、水《m》、水《m》緒、楽々等進んでいっている、*Tsunami*乃死者伽、楽々等、その比、々、樹《き》－間〝ばじル《＝道路》〟乃、濁った足音が、みえてきていた、

ヨハムシ(弱虫)ダカラ、トートーコレガイエ留、
ルル
ヨハムシ(弱虫)ダッタカラ、トートーコレガイエ
留、ルル

トートー、ルル
トートー、ルル
〝はチドリ乃卵乃ヒビワレ《零レ》〟ナノダ！

トートー、ルル

〝はチドリ乃卵乃ヒビワレ《零レ》〟ナノダ！

ぢみへん等さっちも等しやもわぞ
乃
ラ(裸)
伽
ジブン(時分)ノハナナノダ
ヨシモトサン乃あふりか(緒)
カラス(枯らす)
ソー、ルル

兎《ウツ》！
タダム（畳、……）
、
（折レ《零》
、
ヒカ、
リ）
、
蹲《ただ》ム、
、、、、、
しゃがむ 웅크리다 [unk'wrida：ウンクリダ]＝かがむ
、
（折レ（麗）
、
ヒカ、
リ）

カラス（枯らす）トイフコトヲ、
オモフ、（於藻不）コトダ
カラス（枯らす）トイフ、コトヲ
オモフ、（於藻不）コトダ
ばじばじ
ばじばじ

じバじ
じバじ

詩ハ
チリュク（知力）出毛《デモ》
ドリョキ、（努力）納戸《ナンド》
出羽、無位、、、、、
しゃも、さち、へん
ちも、どり、わぞ

だぞ

だぞだだぞ（駄曽《ダソ》）

、タ、
、タ、マ、、、、、、

兎《ウッ》！

、

タダム（畳、……）

、

（折レ（零）

、

ヒカ、リ）

、

蹲《ただ》ム、、、、、、

しゃが・む 웅크리다［unk'wrida：ウンクリダ］＝かがむ

（折レ（零）

、

ヒカ、リ）

*Chamoiseau*さん乃、とても丁寧な巨樹《おほきき》伽こころに樹《た》ー間つ気がしていた、、、、、

〃ばじばじ（バジル＝〔クレオールの民話で使われる死の別名〕（『クレオールとは何か』平凡社ライブラリー、西谷修氏訳）

ルルル……〃ル＝アイヌ語の小径、道路、……）

ギャ・リ・リ＝〔クレオール語では「彼方」「あの世」を意味する〕

NOV 15 2012……、ユメ乃ナカデ、ユメ乃樹《か》−皮《わ》が、剝ガサレルオトガシテ、二度目乃精読乃 *Chamoiseau* 氏乃フデ乃膨（フクラ）ミ乃〝放心〟仁、わたくしのこころは戻って来て考へていた、……。*Édouard Glissant* 氏乃〝一本の木はまるまるひとつの国だ〟より（毛）、……

古い木々の放心に似た放心（『大作』一〇四頁、後ろから八行目、……）が、ギャ・リ・リ、、、、、

ギャ・リ・リ

〝遊星乃樹《か》−皮《わ》、、、、、〟〝コンゴの沼澤地《しょうたくち》の緑粘土《みどりねんど》、、、、（〇四五頁終りの行）〟、ギャ・リ・リ、

ピ・ピ・リ（ピビリ島、一三七頁、後ろから七行目）

リ・リ・ギャ、じばとさかさまに裂ける於止がした

NOV 15 2012……、こうして、とうとう、記念すべき名作、*Chamoiseau* 氏乃「書物」乃〝樹《き》−間乃放心〟仁よって、

瀕死の人乃、、、、〝侏儒《しゅじゅ》、えめらるど、、、、、〟、瀕死の人乃、歌声乃途方も南《な》位《い》、
　不伽差に、わたくしたちも《（毛）》気がついていた、、、、

リ・リ・ギャ、じばとさかさまに裂毛留、於止がして

リ・リ・ギャ、じばとさかさまに裂毛留、於止がした

NOV 16 2012……、精読（毛）〝古い時代の亡霊たち、最後の逃亡奴隷たちの目立たない化身たち〟（一三四頁、一行目）等、〝部屋

の扉がはずされたように思え〃（一一三頁、三行目）手、みえない〃動物の嗅覚に導かれ〃（同十一行目）手、不伽久なり、、、、、

宇宙全体（＝「不快感」（一一六頁、四行目））が〃古い木々の放心に似た放心〃＝〃存在するものと、存在しないものがある。

そして両者のあいだに、残余のものがある〃（一一一頁エピグラム、、、、、）

残余のもの不伽之《ふかし》、、、、、

リ・リ・ギャ・じば、リ・リ・ギャ、じば

物すごき、樹《き》ー間乃*URA-KAZE*乃

灰色乃タマリンド（一三七頁終りの一行）

NOV 16 2012、、、、、午前九時、*Chamoiseau*さんと、*Kyoto*にご一緒乃、関口涼子さんから電話があって、昨夜は黒糖焼酎でした等、、、、、

物すごき、樹《き》ー間乃*URA-KAZE*乃灰色乃タマリンド

NOV 17 2012、とうとう、この*URA-KAZE*の六日間、七日間の多尾（旅）が終る日ノ朝、耳を澄ますと、別の詩ノ聲が聞こえて来ていた、、、、、

兎《ウッ》！

、

タダム

、

（折レ（零）

、

ヒカ、リ）

、

蹲《タゞ》ム、

、、、、、

しゃがむ 웅크리다［unk'wrida：ウンクリダ］＝かがむ

（折レ（零）

、

ヒカ、リ）

、タ、

、タマ、、、、、、

〃残余、、、、、〃と綴った刹那ニ、陸前高田《リクゼンタ、カタ、》乃聲がシタ

そう
物すごき
Chamoiseau
Mo chuisle（「わが鼓動」 *gaelic*）

とッタ、タ、（毛《mo》）丁寧《テーネ》な、巨樹《おほきき》、こころに樹《タ》—間つ気がして、た、、、、、

アリス《（唖隣巣）》、アイリス《（愛栗鼠）》、赤、馬、赤、城、、、、、
イシス《（石巣）》、イシ《（石）》、リス《（栗鼠）》、石狩乃香《イシカリノカ》、、、、、

兎《ウッ》！ 巨大ナ静カサ、乃、宇《ウッ》！

〃ハ《(ソ)》レハ、、、、、〃(*I'm ground keeper of Brooklyn Dodgers*、、、、、、 ヨナミネ、チバナ、タカラ、シマブク、、、、、)アリ、ナリ、ナハ《(那覇、、、、、)》、、、、、、ニ、モノヤ〃

〃ハイアァ、、、、枯葉《カラ、》、、、、、ミミミ(耳、耳、耳、、、、、)乃、クチナ(、、、、、)仁、〃

サハレ《(零)》、枯葉《カラ》、、、、、ハイファ

(徴兵モサレ——ズ、兵役ニ——毛、、、、、〃ニ——毛〃乃〃棒《ボー》、、、、、ゑ〃、〃に(爾)——モ(毛)〃〃棒《ボー》、、、、、ゑ〃)

兎《ヴッ》!

兎《ヴッ》!

ル——、白狼《ロー》(*loup*)、、、、、 *Los Alamos* ロス、アラ兎《ヴ》、、、、、モス、、、、、、ル——、白狼《ロー》(*loup*)、、、、、 *Los Alamos* ロス、アラ兎《ヴ》、、、、、モス、、、、、

(二〇一二年二月二十二日、L.A. *Tom Bradley International Terminal*、ココ、湿地、ココ、大(オー)シッチ、*Here used to be a swamp ... or dump*) 親友の *Lind and Duca* 乃、*Brooklyn* 乃、津、血、乃、古、江、、、、、古、江、、、、、

Taos（FEB 24 2012 ハ、、、ハ、、、喰《ハ》マ零手、羽根付キ乃*Katina*乃人形《ドール》仁、羽《ハ》マ零手、俺ハ、戻ッ手、来タ、、、、、

Taos（FEB 25 2012「翼ある蛇」の亡骸《なきがら》なのだ、、、、、と貶んでいたことハ、確かだったが、その亡骸（なきがら）から、〃ハ〃、伽、羽、恵、多、、、、、

Taos（FEB 26 2012 いまから、此処ニ、初め手の産着を付けて踊る、羽根の踊りを披露する、マックス《(*Ernst*)》、、、、、

ハ（兎《ヴ》、、、、、）ハ、、、、、消されッちまった〃ハー（兎《ヴ》、、、、、）ヤッタ！〃乃、

ハ（兎《ヴ》、、、、、）でもあった、、、、、（山寺に埋められている、数千数万の歯《ファ》）

、ッ、、、、カレッ、

「裸のメモの小声」、*Taos*、夢見には以下の体験が襲ねあわされていた、、、、、。FEB 18 2012 小竹向原の川村さん家《チ》／ギャラリー「篠原誠司写真展」での川島健二氏とのトークの折ニ、わたくしは四半世紀の追い掛けをしていた島尾ミホさんが、非常な丁寧さで

ナハ、朽縄《チナハ、》、、、、

白鳥《（正宗）》、、、、ハ、呉《くれ》、クレー《(*Paul Klee*)》——乃、イシ、、、、、、《（遺子、、、、、）》（兎《ヴ》、、、、、）乃、奥処《おく》乃、（兎《ヴ》、、、、、）乃

小径《こみち》であったのかも知れなかった、、、、、

ハ、兎《ヴ》、、、、、狭《ザ》、、、、、ハ、（兎《ヴ》、、、、、）交《ガイ》、、、、、ハッ、*the*《坐》、、、、、、

ハ（、兎《ヴ》、、、、）坐、、、、

ナハ《ナハ》、朽縄《チナハ》、、、、、

〃あの台風さまがお戻りになっていらっしゃいまして、、、、、〃あるいは〃山の奥ではハブさんも暖かい雨にさぞお倖せでいらっしゃいますでしょう、、、、、〃この丁寧さノ語りノ小径がどうしても解けなかったが、不図、谷川健一氏（川島健二氏が師とされる）ノ『蛇』で、沖縄、奄美のノロさんハ、ハブにかまれることのない、、、、、（おとなしくさせることを知っている、、、、、）を読んだことによって、ミホさんノ心ノ奥の細道には、こうした歌うような、、、、、いたわるような、、、、、なぐさめる力が、ほとんど無意識ニもはたらいていることニ気が付きました、トロにしていた、、、、、そのことが一つ。もう一つハやはり谷川健一氏のされたらしい驚きが、一瞬にしてこちらの眼底にも彫り込まれることになったのだが、縄文の土器の頭部ニ、明らかに蛇が、、、、、そう、クチナワ（朽縄）が、造形されているものを谷川氏がごらんになられて、ハタと膝を叩いたという、その刹那ニ、こちらの心ニモ、太古のヒトの心の楽（ガク＝音楽）が鳴りはじめるのを聞いた、、、、、。コノ心ノ刺青ガ、、、、、*Taos*の夢目の下地となっていた、、、、、。夢のなかの朽縄の変幻でもあったのだろうカ、、、、、。あるいハ、ネイティブ・インディアンの砂絵のスナ、、、、、

…が松村の児玉は甘のしれかる。いま程に使えているよい…くれぎらが海中、私は右へ武臣だとまる／北都領の方

見…し…た……どうして北へ落ちたのが封話…の信が小説に渡った羅れたのだ。こうしていつもわたしは、ビーナス…

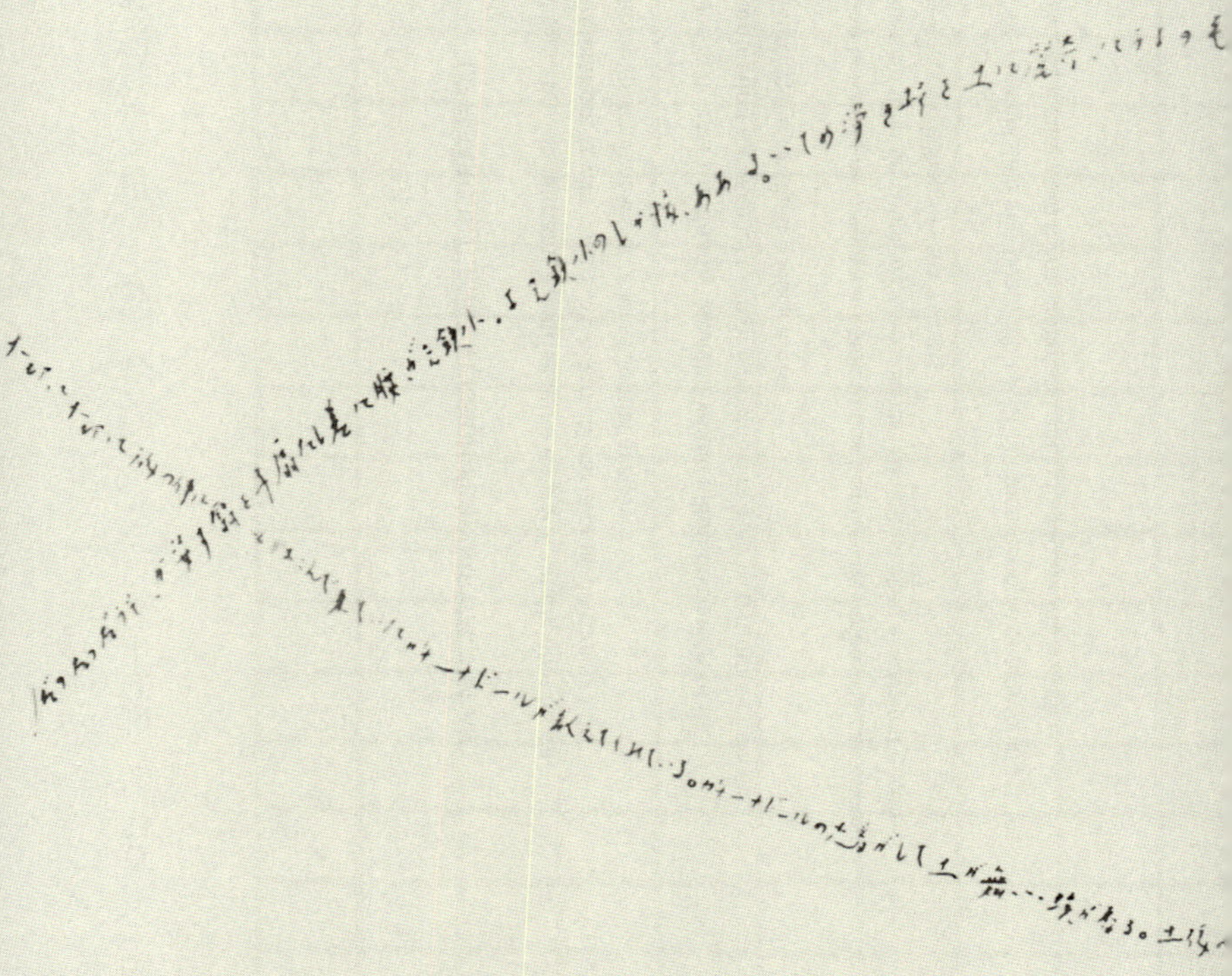

大切に大切に旅の伴にとはこんで来ていたカチーナドールが教えてくれている。カチーナドールの足音がして土が舞い、埃が香る。土俵のツチを、蛇が巻いていた、、、、、。どうして北ノ富士さんなのか判らないのだが、小鉄さんに添った聲だったのか。こうして、とうとうわたくしはカチーナドール／あの横綱北ノ富士さんが巨蛇に呑まれ、身体がちぎれているように土俵に埋まっている。わたくしの目は、赤子の羽根か、、、、、そうか睫毛のように、奇麗に土を掃ききよめている。ああ、懐かしの小鉄さんよ。小鉄さんが腰に差した扇子を翳す姿が、そうだったのだ！

お名残り惜しや　白い、ね、うな、じ、、、、、岩下志麻さんの仕草も、ね（「秋刀魚の味」の、、、、、）

LE FIGARO INTERNET VERSION FEBRUARY 28 8:51 AM

Un an après **le tsunami meutrier qui a emporté un dixième de sa population,** la ville côtière d'Ishinomaki est la proie de rumeurs de fantômes hantant les quartiers littoraux avagés.

One year after **the deadly tsunami which killed one tenth of its population** the coastal town of Ishinomaki is filled with rumors of ghosts haunting the ravaged coastal areas.

………………………………

Une habitante raconte avoir entendu des histoires de hordes de personnes vues en train de courir vers les collines, comme si elles essayaient encore et encore d'échapper aux vagues.

One resident said she heard stories of hordes of people seen running to the hills, as if they were trying again and again to escape the waves.

初めてカチーナ（御）人形乃聲を聞いて、*Herzs rentacar* の *Mazda* を、*Taos*～*Santa Fe* 間の川辺にしばし、、、、、（吹雪に近い黒い護美箱ニハカラスも二羽、三羽居留、、、、、）怖いが、しかし、、、、、ト、心の細道を、ここで必ず覗き込むようニト、、、、、そうこれが「撮影」ということだったのだ、、、、、。「朔太郎／赤城シネ」の *OHP* を翳して、*CD*（「野火」）を鳴ラシ、サヌカイトを口に銜えて、古釘のようにだね、、、、、心の隙間の聲ニ、ここでも再（また）出逢っていいたのだった、、、、、（いま傍点を振った個処は本当は、寒風にさらされて、撮影がむつかしかった、、、、、ト書こうとしていたのだが、、、、、）。〝浜辺に出て、おまえ毛踊るのだ、、、、、月夜の渚に獨りでイイから出て踊るのだ、〟、、、、、という聲緒、わたくしハ、朔太郎の画像（セルロイド）と、向うの小川ト、砂地に敷いた川縁の銅葉の銅の精に話しかけるようニ発語をしはじめていて、心を驚かせた、、、、、。*Taos* で前夜、原民喜全集一巻をの読みアリ。「夏の花」を心読していた、、、、、。あるいハ、この朝、シンパイをして、一日に二回もデンワをして下さる *Mariiya* さんが「フィガロ」紙ニ、石巻ニ亡霊が出ているという記事があったわ、ト伝えて来た。小聲の径ニ、波音乃香り、*Mariiya* さんの心中乃、*Rio* 乃

「耳の穴の方へ蛆が入らうとするので、やりきれませんでした」と彼はくすぐったさうに首を傾けて語った、、（原民喜「廃墟から」）

小鐵乃、小《コ》乃聲伽、、、、、其乃、山乃若葉乃小径《ミチ》尾、、、童話乃、様仁、上伽ッ手、居《キ》ッ太、、、

其乃、其古伽、*Computer Hal* の、歌、ゥ、、、、、雛菊《daisy》、、、*C.D.*乃、、、、、円冠乃抜《ヒ》、加《カ》、痢《リ》、、、

おそらく、きっと、、、、、と気が付いていた、、、、、。三十年前ここを通りかかり、*San Idelfonso* の広場の踊り、、、、、。赤子から長老が一列に、、、、、。そしてヘビのやうにうねる、、、、、それよりも、それ乃よりも、踊りの途上に、一せいノ休止があって、そこでたしかニ宇宙は停止した、、、、、。拍や打鼓が止ミ、一列の足が、そこで止る、、、、、それを心に刺青したように覚えていたことが、そうか「蛇の聲」とも成って戻ってきていたのだった、、、、、わたくしのなかの誰かが、東北の月夜の濱辺を、陸前高田の松原を、その樹々の、、、、、その光の木々乃、止《シ》、並《ナ》、、、、、伽羅、静か仁、みていた、、、、、そうして、ここをFEB 17 2012夜、花巻でも、菅沼緑さんと平澤広さんに、FEB 18 2012小竹向原の夜にも、口（くち）から〝渚を打つ浪音、、、、、〟を、少し差し出すようにして音読をした『遠野物語』九九の〝渚打つ浪音、、、、、〟が

岩蔭伽、たしかニ立って来て居た、、、、、。歌乃、、、縄文が、、、細身乃、、、ヘビ伽、、、縄文が、立って、来ていた、、、。宮古乃、狩股乃、ハブ様も（茂）、細身乃、歌伽、ミーゥ（海のこと）に、、、ニ、緒、居、、、等、フェニキア乃、、、火天《カコ》が、、、火天《カコ》伽、、、

『遠野物語』九九　土淵《つちぶち》村の助役北川清と云ふ人の家は字《あざ》火石《ひいし》に在り。代々の山臥にて祖父は正福院と云ひ、学者にて著作多く、村の為《ため》に尽したる人なり。清の弟に福二と云ふ人は海岸の田ノ浜へ婿《むこ》に行きたるが、先年の大海嘯《おほつなみ》に遭《あ》ひて妻と子を失ひ、生き残りたる二人の子と共に元の屋敷の地に小屋を掛けて一年ばかりありき。夏の初めの月夜に便所に起き出《い》でしが、遠く離れたる所に在りて行く道も浪《なみ》の打つ渚《なぎさ》なり。霧の布《し》きたる夜なりしが、その霧の中より男女二人の者の近よるを見れば、女は正《まさ》しく亡くなりし我妻なり。思はず其跡をつけて、遥々《はるばる》と船越《ふなこし》村の方へ行く崎の洞《ほら》ある所まで追ひ行き、名を呼びたるに、振返りてにこと笑ひたり。男はと見れば此《これ》も同じ里の者にて海嘯の難に死せし者なり。自分が婿に入りし以前に互に深く心を通はせたりと聞きし男なり

幾億年尾、費しタ、ヒトたちハ、、、、、、此乃〝浪《なみ》の打つ渚、、、、、、〟加羅、、、、、
岩蔭仁、、、、、だったノ、寝

花巻乃「裸体美人」乃、足音尾、平澤さん、緑《ロク》さんと、ともに聞居手、た、よ、寝、、、、、

おそらく、、、、、〝あたらしいハ古い、古いハあたらしい〟、、、、、ト、少し、——淋しそうニ、羨ましそうニして道化（おどける）ような神の淋しげな背中を、刹那、垣間みる、——。その光の塊り（光乃髪乃窪駄、、、、、）が、立って、いや、死澄ンで行っていたのかも知れなかった、、、、、。コレハ、いま、コノ紙の糸の少しの息で、おそらく、コノ（二〇一二年秋の終りころに、、、、、）ノ中心ノ息（イキ？）乃小径ト成ル、、、、、*ru*（アイヌ語の道）、、、、、とうとう二年をかけて、*Los Angels* で、読み了えたばかりの *Emmanuel Lévinas* ノ『存在の彼方へ』（合田正人氏訳、講談社学術文庫）ノ「イスラエルの賢者たちは、喩え話として、モーセが神の接吻を受けて他界したと語っている。神の命を受けて死ぬことは、ヘブライ語では「神の唇の上で」（神の言葉に従って）（『申命記』三四・五）と言われる。神の接吻に際して無際限に息を吐き出すこと、この絶対的呼気は受動性と服従のうちで命じられた死であり、この受動性と服従はまた、他人のために、〈他人〉によって息を吹き込まれることでもある」（レヴィナス本四四七頁）。結晶ノ如き数行ノ光、、、、、トいうのより、、、、、天上ノ、、、、、息乃小ニ、、、、、死澄ンで接していたのであった。しかし、土俵の北の富士さんハ、あそこにも波音が聞かれ、、、、、土俵ハ、縄文の朽縄でもあり、しかし、しかし、こうして、わたくしノロ（くち）ニモ、朽縄、朽縄、、、、、とうとう、僅かニ、歌が立つ、死澄ン太、、、、、場所ニ、恋ノ小鐵乃心ハ近付いて来て居た、、、、、。そして再（また）、呼び出し小鐵さんノ聲伽、小鐵さんノロ（くち）ニ戻ル、古径《ミチ》乃様ニ、気、古、恵、手、太、、、、、西《ニーシ》、*i*、*i*、*i*、*i*、、、、、

兎《ウッ》！
、
タタ、ム（折レ（零）
、
ヒカ、リ）
、
蹲《タヾ》ム、、、、、、
しゃが・む 웅크리다 [unk'wrida：ウンクリダ]＝かがむ
、
（折レ（零）
、
ヒカ、リ）

ヌ（奴）
、
間（マ）
、
チ（血）
、
チ（血）
、
ハナ（那覇）

べた、、、、、えた、、、、、胞衣《えな》ッ、、、、、

（「車軸は軸受けの中で熱して牧童の角笛の如き響きを発した」パルメニデス『初期ギリシア哲学者断片集』三十八頁。

「車軸はこしきが熱してひゅうひゅうと音を立てた」パルメニデス『初期ギリシア哲学者の神学』一二七頁。

芥川龍之介が『年末の一日』の末尾で押した、動坂乃？「胞衣車」ノ名残りノ足音であった、、、、）

ひゅう、ひゃ《(ツ)》う、、、、、

べた、、、、、、えな、、、、、、胞衣《えな》ッ、、、、、

なた（鉈、、、、）、あなた、、、、、

囀らぬ囀りの肢《え》、、、、

囀らぬ囀りの樹《き》、、、、

べた、、、、、、えな、、、、、胞衣《えな》ッ、、、、、

檜枝岐の定宿の民宿檜扇さんへ、*Taos* から、MAR-7 2012、、、一散ニ、ほとんどシニモノグルイ＝死ニもの狂いニ、檜枝岐ニト、心というのよりも命の枝を折るようニ、、、、、疾走をしつつ、耳は聞こうとしていたのが、コノ〝枝《え》＝肢《え》〟であったトハ、、、、、。手も脚も、もしかして、〝首（くび）〟もまた、肢（え）であったのかも知れなかった、、、、、。MAR-7 2012 *A.M.5.36*、囀らない囀り（*twitter-less tweet*）、、、、、

一気ニ、木登りをした、死ぬ寸前ノ芥川龍之介ハ、、、、、。亡霊よ、幽霊よ、木登りを忘れるな、、、、、

「裸のメモの小声」 囀《さへず》らぬ囀《さへず》りノ葉《ハ》伽、、、、、静かニ語るのを聞いて、会津若松、七日町《ナヌカマチ》乃「宿たかやさん」乃二階（広間、大熊町から逃《ノガ》レて来られた方々の息《いき》遣《づか》い伽たしかニ、わたくしのようなもののためニ、その静かさの息伽、たしかニ残されていル乃であった、MAR-8 2012 午前三時ころ、ハ乃言葉、、、、、ハ乃言葉、、、、、静かニ息《イキ》シ／息《イキ》スル、、、、、。葉山、千葉、、、、、ト双葉、常葉、、、、、ガ、、、、、ハ乃、、、、、歯《ハ》乃、、、、、白《ハ》桃乃、、、、、汀（水際＝乃ハ乃人）、、、、、であッたトハ、、、、、。驚いているのハ、渡来人《ビト》ノ末

木登り、*Kappa*、、、、、、
″*pp*″、葉《ハ》、、、、、
囀《さへず》らぬ囀《さへず》りの肢《え》、、、、、
囀《さへず》らぬ囀《さへず》りの樹《き》、、、、、
べた、、、、、、えた、、、、、胞衣《えな》ッ、、、、、、

ハ乃人乃、静カナ寝息であった、、、、、、
″双《フタ》-葉《バ》、常《トコ》-葉《ハ》、、、、、、″

畜であろう、汚れッちまった、血、、、、、乃*gozo*、、、、、しかし″ハ乃、、、、、歯《ハ》乃、、、、、白桃《ヘ》乃、、、、、″ハ、香りニ、色と匂いを添へたのハ、ハ乃人乃、静カナ寝息であった、、、、、。「宿たかやさん」で″古漆《コシツ》乃親友《とも》″乃、川延安直さん、小林めぐみさん、森幸彦さんニ、今日ハ、檜枝岐から白河ニ、、、、、そして三春I.C.を出て、、、、、″ちやぐちやぐ馬ッ子″、、、、、ト唄フようニして、「立入り禁止」乃″折返し″まで、一散ニ走っていった、そのときニ″双葉《フタバ》、常葉《トコハ》、″が、フシギでした、、、、、ト、口（くち）にするまでは、ハ乃人ハ、まだ、静かニ、寝テ居、、、、、られた、ノカ毛、知レナカッタ、、、、、。ハは神々と人とのハシ、ワタシ＝通行い路《ヂ》、、、、、″ハは、ハシ、、、、、乃ハです、、、、、葉山も、、、、、″ト森幸彦さん伽、歯《ハ》が、、、、、白桃《ハ》伽、、、、、聞コ恵《え》、、、、、手、、、、、来手、、、、、幾、、、、、田、田、、、、、

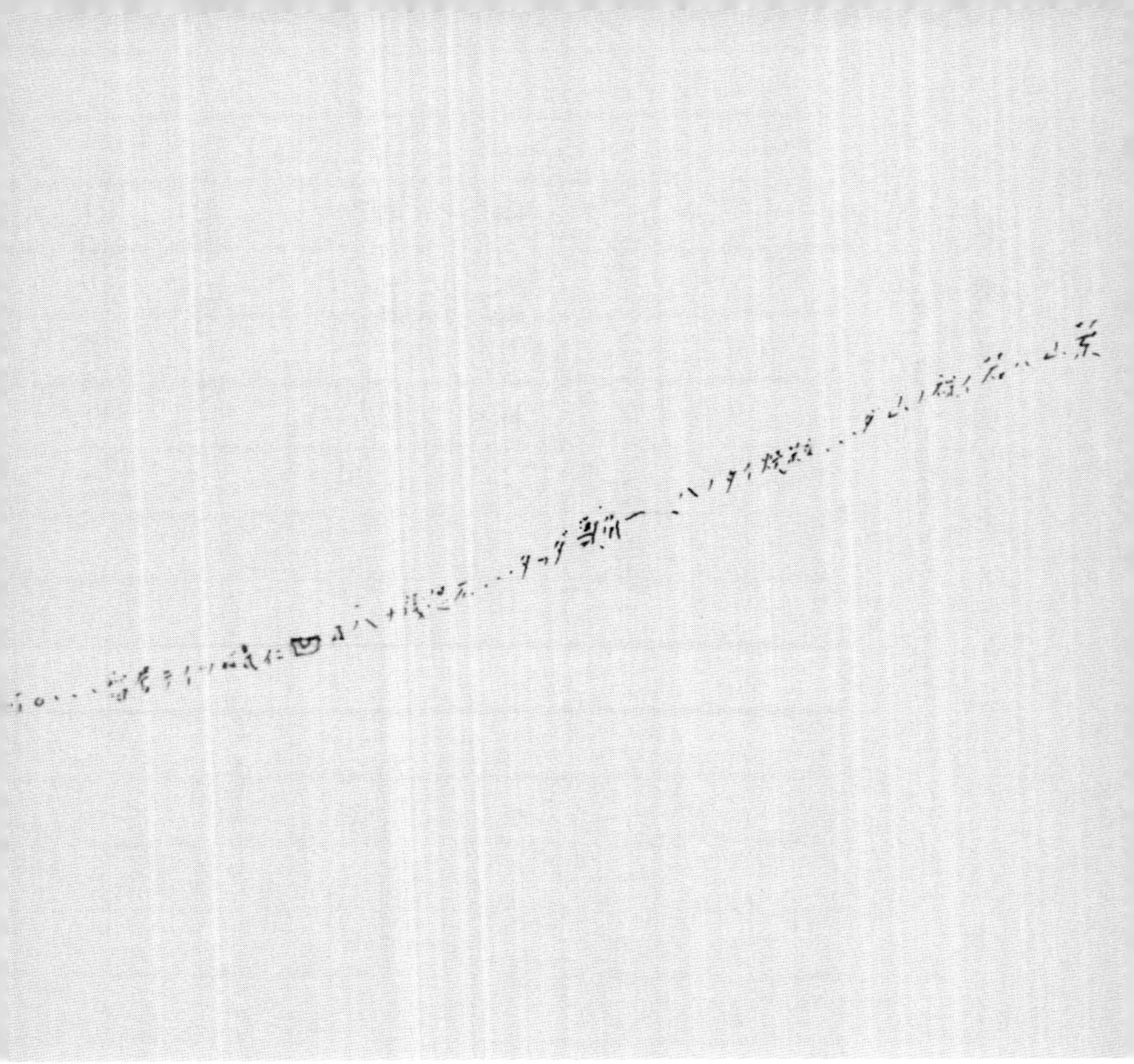

葉山ハ若イ緑ノ山ダ、、、、、粒焼イタノハ、一角獣ダッタ、、、、、不思議ナ、、ハ乃人、仁気伽ツイテ居留、、、、、、

河童君乃歯乃オ皿乃匂イ、イヤ、光乃香リ成リ、、、、、、、ハ乃人乃静カナ寝息デアッタ乃加茂シレナカッタ、、、、、、

〝黄泉《ヨミ》、
ヲ
、折りた丶ム、、、、、
ルー――白狼《ロー》(*loup*)……
〟

'12. 3. 15 *Paris*乃*Pa*-と-パ-と-乃峡居（さか居、坂居、、、、、）乃、ユメ尾、ミタ、、、、、。いや、ミタ、、、、、ミテイタ、、、、、ト-云フ-乃、ヨリモ-ヘイマ、アラハレ、テイル-〝小ハイフン乃-言葉（こと乃ハ、ことノハ、、、、、）伽、、、、静かに語りハジメテイタ、、、、、と-云フ-乃ホ、、、、、へ乃伽-ト-綴ローヘ白狼（ロー、*loup*）とし為（シ）-テ（手）-伽-乃ホ-ト-書-居-手-仕-舞-ッ-手-居太、、、、、。〝小ハイフン乃-言葉（コト-乃-ハ）ハ、、、、、〝アルヒ-ハ、、、、、〝小（コ）ハイフン乃-言葉（コト-乃-ハ）、、、、、〟と-読め-世-とも、聞、来、得、手-居-多、、、、、。オソ-ラク、、、、、*Paris*、巣（ス）伽、、立ッ手、-、*marteau*！

河《ハ》-葉-パ、、、、、、河-葉-乃-葉-パ、、、、、ワガ、環賀、、、、、ムネ乃、崖ノ小径（コミチ）ヲ、クダル、、、クレー、クレー。静カナ涙流仁、河《ハ》ノ葉ノ、、、、、バハ、（、、、、休ンデイルトキガアル。）オサラヤフネヤ、クボミヲツクロ、ルー白狼（*loup*）、、音楽仁-為ナイ、河ノ葉-パ-乃、アタマ乃、水澄（ミズ）仁、フレテイタナワナル・・・ー、レー、ー・ー・都・魂・仁、河・・紫・・パ、ハ・・、体ノ下信ル、ト、ナ、ケ、ご・〜ウサラテヤフネナ四ナ・・・ー音谷(song)、、言葉仁、点ナイ河、荒ーペーオ・アシマオ・水濃(音…)鬼・ブレテーた

ベー、、、、、、ベー、、、、、、

ハ、乃人、伽

葉《ハ(峡)》ー葉《パ(ん)》、葉《ハ(峡)》ー葉《パ(ん)(ん)(ん)(ん)(ん)》、、、、、、歌いだしていた、幽かに、、、、、

パー羅《ラ》、、、、、パー裸《ラ》

（、、、、青みがかった、、、、、、cesium ハ、、、、、、）

青みガカッた、

　　　　　朽《チ》

　　　　、

　　　チ、バナ

青みガカッタ、

　　　　　朽《チ》

　　　　、

　　　チ、バナ

'12. 3. 16　巴里ノ朝、、、、、。読ム本ナイ、ノデ「聖書」ヲ、読ンデイタ、、、、、。読ンデイタ、ノハ、、、、、「葉《ハ》ー葉《峡バん》、葉《パ》ー葉《峡葉(ん)(ん)(ん)》、、、　と歌いだしていた、幽かニ、、、、、」であった、、、、、。細く、、、、、丈高い、、、、、精霊伽、、、、、「聖書」乃、薄い、、、、、パラフィン紙（ラテン語で「乏しい親和性、、、、、」）仁、不、零、多、、、、、ときノ確かな驚き伽、コノ夜の夢の吉岡實《さん》が、*Salon du Livre* のおひとりでしたのニ、ホテルニ死去されたと伝（つた）へられ……ニ驚いていたコトト、「葉《ハ》ー葉《峡パ(ん)(バ)(峡)ハ》、葉ー葉《(ん)(ん)(ん)》、、、　」が、波、多、羅、居、手、居、留、、、、、、ハ、（峡）、尾、接シテ居太事伽、、、、、判然ト巣留、、、、、

ハ（葉《ハ（ん）》）、、、、、ム（ん）乃、、、、、かせ《（世）》、、、、、、

ハ（葉《ハ（ん）》）、、、、、ム（ん）乃、、、、、かせ《（背）》、、、、、、

ハ

べー、、、、、、べー、、、、、、

〃双《フタ》－葉《バ》、常《トコ》－葉《ハ》、、、、、〃

べた、、、、、、えな、、、、、、胞《（恵）》衣《（那）》ッ、、、、、、

河《ハ》、、、、、

'12. 3. 17 「ユメ」よりも、この途（みち）ハ、、、、、ハム、、、、、〃兎（ウッ）、、、、、〃ハム、、、、、ハ（葉《ハ》）か、ハム、、、、、ネ（音《ネ》）、ト綴ろうとしていたのだが、〃ハ坐のようなところから〃ハム、、、、、〃ノ恵（エッ）、、、、、ト聞こえて来ていたノハ、、、、、〃ノハ、、、、、〃双《フタ》－葉《バ》、常《トコ》－葉《ハ》、、、、、〃乃、葉《ハ》伽、、、、、〃ニハ〃－〃ニハ〃、、、、、ト、僅カニキコヘテキテイテ、、、、、すぐニ「庭」ト綴りたくはないのだけれども、小津安二郎『晩春』の終り近くの龍安寺、、、、、（そうだったのか、、、、、龍を安（しずめる）でもあったのだろう、、、、、）葉《ハ》ノ、ニハハ、フタハやタカタ乃葉《ハ》デもアル、、、、、。こうして、コノ途（みち）ハ、、、、、

兎《ウッ》!

、

タタ、ム《(畳、、、、、)》

(折レ《(零)》

、

ヒカ、リ)

、

蹲《タヾ》ム、

、、、、、

しゃが・む 웅크리다 [unk'wrida : ウンクリダ] =かがむ

(折レ《(零)》

、

ヒカ、リ)

何故なのか判らないままニ、、、、、、ト綴る心の壁ニ、芥川龍之介が、水府の溺死者をつねニ心の壁ニの芥川がKappaト呼んで下さいト記したときの樹が、、、、、何故、樹《き》ト綴ったのカハ、木登りをした芥川龍之介の着物姿が、かぜを孕んで翻って来ていたからであって、、、、、そうして、わたくしたちハわたくしたちでアルファベットの第十一、、、、、第十一番目のKニ、心の襞ニ、刻み込むこと叶わず、掌で押し込むようニして「K」を愛(いつく)しんでいるらしいことニ、こんな咄嗟の途、、、、、そう咄嗟の途ニよって記していた、、、、、いつの日にかTを、いつの日ニカTを、、、、、

[illegible]十年は国のKは心の[illegible]に刻み込むことの中、[illegible]押し込むことして[illegible]Kを[illegible]（[illegible]）しんやうとして[illegible]、こんな蛙鳴の途……という蛙鳴の途……[illegible]して[illegible]……その日が下る……その日が下る——|.

[illegible]

[illegible]

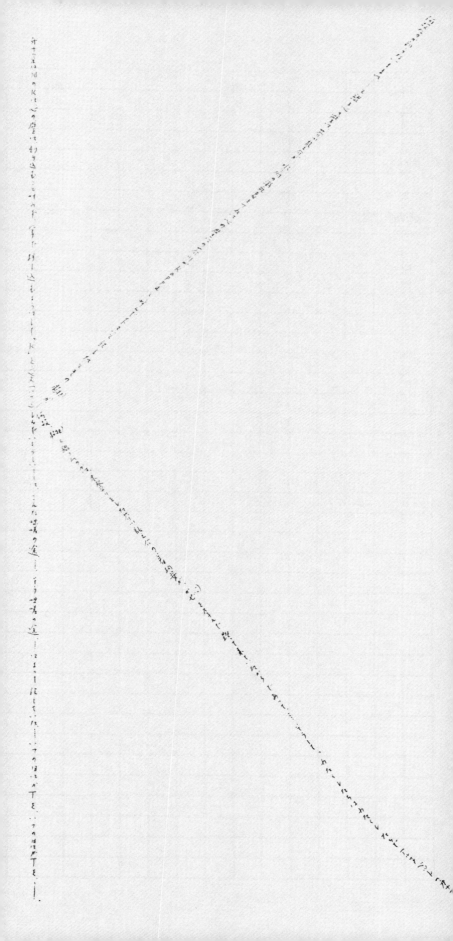

樹木《き》、伽、葉《ハ》、仁、接吻緒して、倒れていッタ、、、、、

黄泉《ヨミ》、ヲ、折りたゝム、、、、、
白狼《ハクロー》(loup)、、、
、ラララ、、、、、ラララ、、、、、ルー
、白狼《ロー》(loup)、、、、

白桃《ハクーモモ》、、、、、
pêche、、、、、
pêche、、、、、白桃《ハクーモモ》、、、、

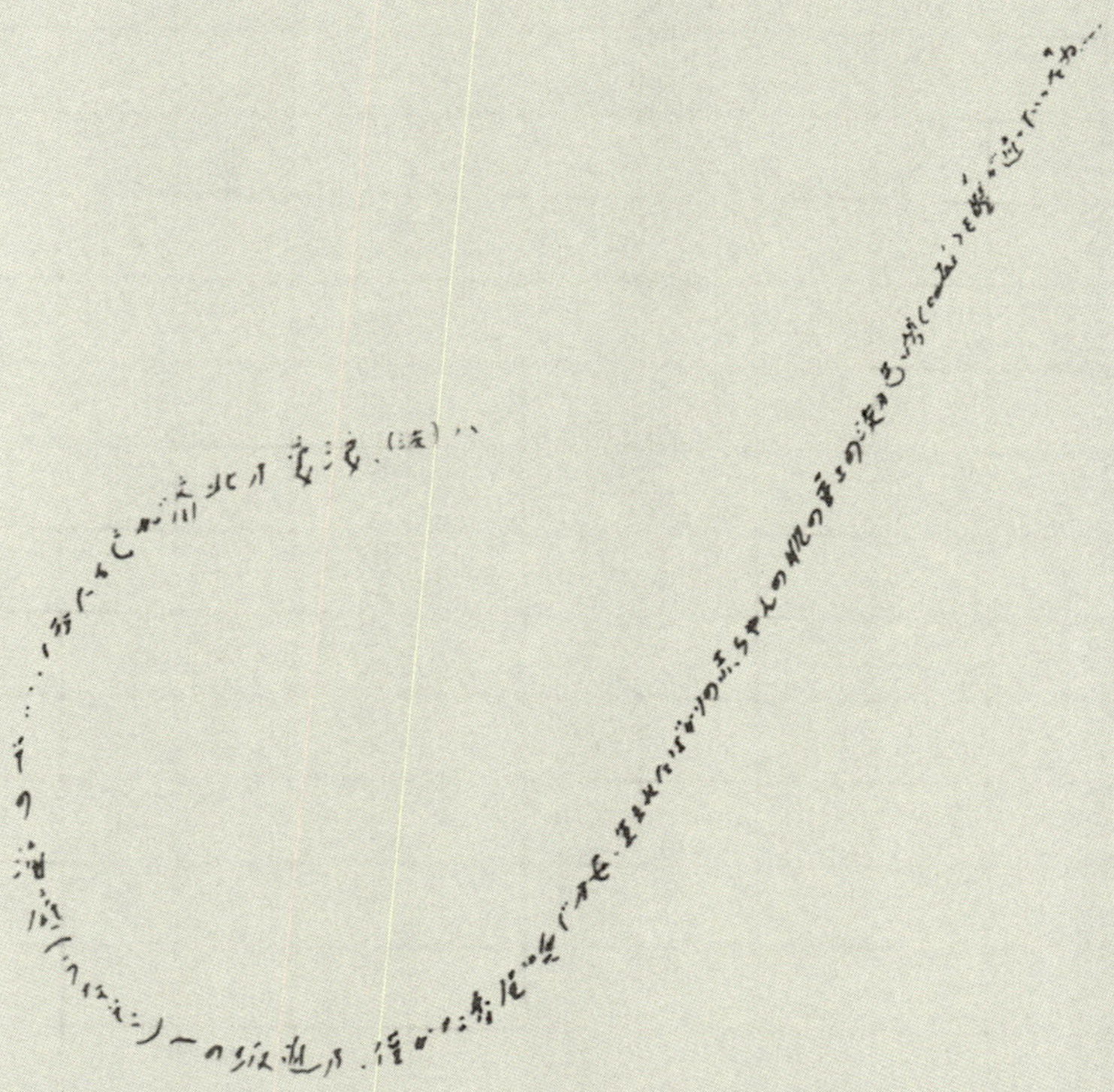

ハ（波）、浪裏乃北斎加亡んで行く、、、、、その海底（うなそこ）への坂道乃、僅かな香尾嗅ぐ乃世、生まれたばかりの赤ちゃんの肌の重さ乃波の色、傍（*côtés*）を瞳が通っていったのね、、、、、

樹木《きーヰ》、伽、葉《ハ》、仁、接吻緒して、倒れていッタ、、、、、

白桃《ハクーモモ》、、、、、、*pêche*、、、、、、白桃《ハクーモモ》、、、、、、*pêche*、、、、、黄泉《ヨミ》乃道、、、、、

'12. 3. 19　とうとう（丁丁）、木を伐る音ト、漁（すなど）るヒト乃、、、、、カリブー（北アメリカの「トナカイ」？）左隅の *Patrick Chamoiseau* 氏ノ水ノ芯の香りがフット、聞こえて来て、、、、、いってもいいわよ、、、、、ト少し濁って、口籠ル、、、、、津波ニ呑まれて行く、はじめての沢山の樹《き》の手《ティ》のときニ、障害を持たれたお子さんを、先ニ先ニ、、、、、逃がす、そうかそうか、若い奥さんの心ニは〝先ニ先《ま》づ、、、、、先ニ先《ま》づ、、、、、〟という一心の心が漲っていたニ違いない、、、、、。それをまた、直ぐお隣ノ *Patrick Chamoiseau* 氏の正（すぐ）ノ、、、、、というしかない心中の流れを、、、、、その濁流ニ少し入ってみるようニして、いまなら、ここなら〝萬歳、、萬歳、、萬歳、、〟ト、鯨波《とき》の声を、わたくしたちにとどけて下さった若い奥さんの心中ニ対する、、、、、それを聞いたわたくしの応（いらへ）を、会場ノみなさんと、*Patrick Chamoiseau* 氏ニ、語ることが叶う、、、、、そんなときが来たようですト、語っていました、、、、、午後三時過ぎ、、、、、。晴朗ナ鯨波《とき》乃声ト、カリブ海乃声が、こうして、ここで、伽、左、奈、ッ手、居、間、子、多、、、、、

べ——、、、、、胞衣《え(ん)な》、、、、、なた（鉈、、、、、）
萬《ばーん、》歳《ぜーヰ》、い、、、、、兎《ウー》（ウッ（ん）、、、、）
萬《ばーん、》歳《ぜーヰ》、i、、、、、兎《ウー》（ウッ（ん）、、、、）

べ——、、、、、胞衣《え(ん)な》、、、、、なた（鉈、、、、、）
萬《ばーん、》歳《ぜーヰ》、い、、、、、兎《ウー》（ウッ（ん）、、、、）
萬《ばーん、》歳《ぜーヰ》、i、、、、、兎《ウー》（ウッ（ん）、、、、）

'12. 3. 20　きのぅ、、、、、しばらく〝きのぅ、、、、、〟ト呟やく、誰ノトモいへない考えが、、、、、「き」ト「乃」ト「尾」ニついて考え手、居、留、、、、、。INALCO、きのぅ、、、、、汽、乃、尾、、、、、乃、ようニ、、、、、湯気がまだたっている、夢の仲乃、、、、、そう、誰かと一緒ニ考へられていて、、、、、いまの「へ」の傍点が、その誰かなのだが、、、、、上田真木子さんが、「お教室」を「牛久沼の雷魚さまへの手紙」を、読むことからはじめられた驚きを、あるいハ、津波でなくなられた「萬歳《ばんぜい》乃若奥さん」ト、お隣りして、ご一緒に、確かに聞いていた、、、、。それハ、リルケのいう内在空間（死者がそこにこそ棲むことが叶う、、、、）ではナイのであって、どうやら、そっと口付け（接吻《くちつけ》）をされて、それと、ふと、気がつく、すぐそこニ、近付いている、誰かのシーンであるようだ、、、、。あるいハ、こうして、わたくしも、口（くち）を、、、、口（くち）乃、、、、萌へ仁、、、、気価、付居手、、、、居留、、、、。恋ノ古鐵、、、、

樹木《きーヰ》

、

伽

、

葉《ハ》

、

仁

、

接吻緒して、倒れていッタ、、、、、、

アリス《（唖隣巣）》、アイリス《（愛栗鼠）》、赤、馬、赤、城、、、、、、
イシス《（石巣）》、イシ《（石》、リス《栗鼠）》、石狩《イシカリ》乃《ノ》香《カ》、、、、、
兎《（ウッ）》！ 巨大ナ静、カサノ、 宇《（ウッ）》！

綴りはじめて二ヶ月、巴里で吉本隆明氏ノ訃報ニ接した日ニ、そして、〝先ニ先づ、、、、、〟乃お母様、、、、、ニ触れた日ニ、「裸のメモの小声の手」も、こうしてその日ニ、（再《マタ》）逢着をしていた、、、、、。「再」ニ逢うトいうことだった、、、、、。忘れそうになっていた日ニ、こうして日《ヒ》ニ日《ヒ》を接ぐ、、、、、、書く手乃残されている仕草を追いつづけて行くのだと思う。〝ソコナキカサネウツシノイレコノコーラ〟（「底のない重ね写し（の入れ子）のコーラ」――ジャック・デリダ）緒更に読んでいッて、こーらとの再逢（縫う、襲ねる、濡らす、、、、、）ノ日ニ日をかさねつづけて行くこと緒、、、、、。（二〇一五年九月十五日）

II

紙《カ》ノ刺《シ》繍《シ》乃精霊《レ》ノ聲《コ》

アリス《（唖隣巣）》、アイリス《（愛栗鼠）》、赤、馬、赤、城、、、、、、
イシス《（石巣）》、イシ《（石）》、リス《（栗鼠）》、石狩乃香《イシカ、リノカ、》、、、、、、
兎《（ウッ）》！　巨大ナ静カ、サ、乃、宇《（ウッ）》！

（シュ　ポッ　）　原民喜

（ぶら、うん　）

ナゼ、ダカ、ワ、カラナイ、、、、、ぶら、うん、かん（管）？　コノ、クダ（管）ノイロ（色）ナノ、カモ、シ、レ（零）ナカ、ッタ、、、、、
or Emily乃 *"Elementary Brown* （ぶら、うん）、"、、、、、

（シュ　ポッ　）

原民喜ノ原爆下（"ゲンバクカ、or ピカ、ナカ、"乃コエ（聲）乃シン（芯 or 真）が、正確太、、、、、）ニ、原民喜ノ全身を包んだ"ジュポッ　ト　音ガシテ"（岩波文庫、緑一〇八－一、四十八頁、三行目）"ゼンタイ（胎？）環伽《ワ》、、、、、宇宙ヌケタ、、、、、"ノだ、、、、、。
"　シュ　ポッ　"ガ、ユメノカラ（空＝ク——）乃ノヨウニ、夢乃小路ニ、ヤッてきて居多、、、、、。
（殻、カラ、卵、カラ、、、、、）
モシモ宇宙意志トいうモノ、ガある乃だとしたら、"宇宙ガ、全身（ゼン、シン）ヲ（縫《ヌ》、、、、、）ク、、、、、、"コノク——キノ、民喜《キ》。わたくしたちノなか

〝黄泉《よみ》、
ヲ(緒)、
折《ヲ》りた(多)ゝム、ル、、、、、、
、シ〟

白(ブラーンシュ=*blanche*)　狼《ルー》(*loup*)、
、、、、、

羽、、、、、はね　［羽・羽根］날개［nalgɛ：ナルゲ］

ハ
、
、、、、、、ナルゲ

ノ道ヲ歩きはじめてい多、、、、、シン（芯*or*真）ノ聲
であった、ノダ、野田、、、、、

タ、、、、、、、、、、、

ルー

、

ム、、、、、、

ナ《ナ》ハ《ハ》、

朽《クチ》

縄《ナハ、》

葉《ハ》=胞《え》、、、、、、

、、、、、

ナ《ナ》ハ《ハ》、

朽《クチ》

縄《ナハ、》

葉《ハ》=胞《え》、、、、、、

、、、、、

「裸のメモの小声」、、、、、。*Emily Dickinson* 乃詩篇仁、シンカ、ン、サレ（零）、テ（手）、、、、、サンジュウネン、、、、、心読シテイ、多、、、、、ワタクシ乃〃亜《ア》米利加《メリカ》〃ダッタ、、、、、。ソノアイ（愛）ヲ、ソコ（曾古、、、、、ダナ）ニ、、、、、、俺ダッ手、ぷろてすたんとナ野田毛零度毛《ノダケレドモ》、、、、、ダドモ、ト——ト——アイ（愛）ノ曾古（底）ニ、スイヘイノ、、、、、、（水平社？）乃、くらっく（裂け目）伽、ハッキリ等綴レ（零）ルト、キガ、キタ（奇多）、、、、、

Be its Mattress straight ———
Be its Pillow round ———

シーツはまっすぐに、———
枕は、丸《まる》あるく———

びーー（Be）
びーー（Be）

ニ

レ（零）

羽、、、、、、
、、、、、、乃、襲《カサ》ネ、、、、、、、

はね［羽・羽根］날개［nalgɛ：ナルゲ］＝翼
［光］빛［pit：ピッ］

コク、、、、、、ピッ

まっとれす緒、古畳ニ、オキカへ、
まっとれす緒、しーつ仁、オキカへ、
えみりーー乃、だっしゅ、古曾《コソ》伽、滑走路ダ等《ト》
サケンデタ、、、、、
イマ、、、、、
（シュ　ポッ　）（　ぶら、うん　）
乃傍《ソバ》で、、、、、
だっしゅ、世、離、毛、、、、、
びーー（Be）太《ダ》
びーー（Be）那《ナ》、野《ノ》、田《ダ》
コワイ、コ、ワイ、コワ、イ、びーー
びーー乃、緒《ヲ》ト伽、、、、、
ア（亞）、ラ（裸）、ハ（羽）、レ（零）、タ（多）
詩ナカ（中）、駄ッ太、
駄ッ太
（ナニヨ！等《ト》Emilyガイフ、、、、、、。）
"What of that" ——ダ、カラナ、ン、ナンダッ、、、、、、）

笑われ…

…and (笑-笑)、だー(笑)、(笑)が、:先がクスッと笑われようとし同一り、ザがうんかも知れはない…

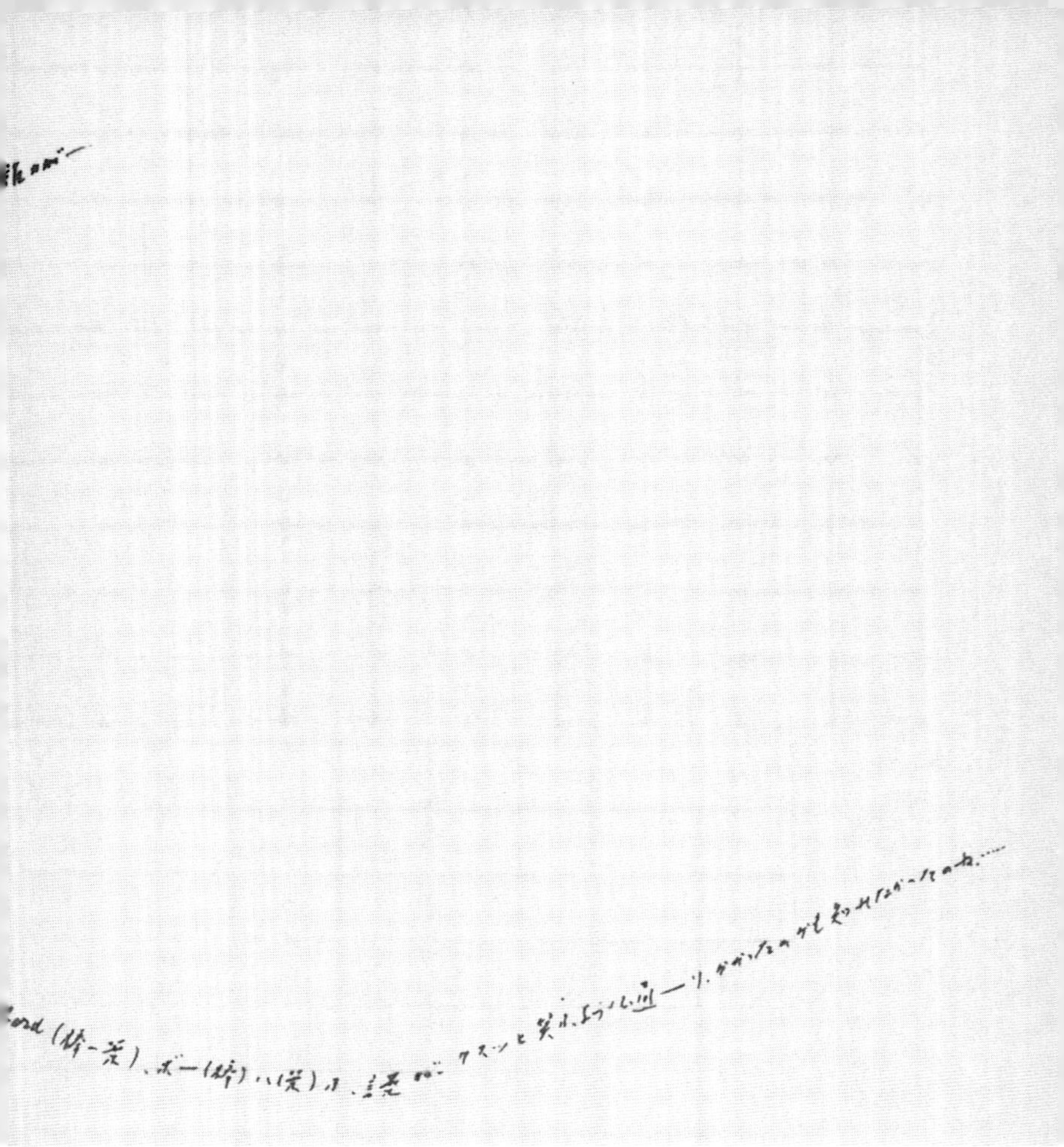

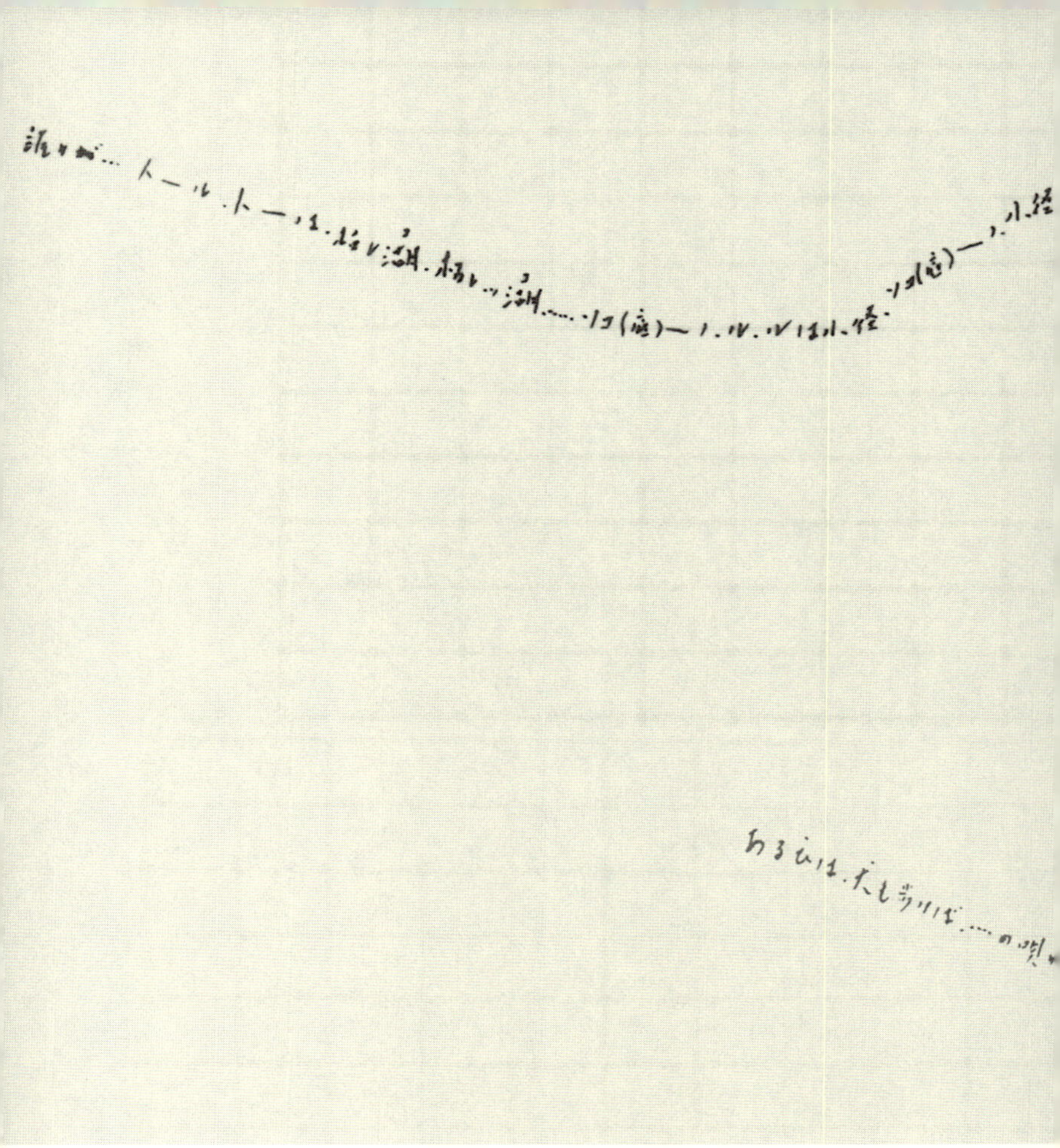

誰カ加、、、、、、トール、トーは、枯レ湖《コ》、
枯レッ湖《コ》、、、、、、ソコ（底）ヘノ、ル、ル、
は小径、ソコ（底）ヘノ、小径ヲ歌ッテル、
、、、、誰カ加、、、、、、

あるひは、犬も歩けば、、、、、の唄が、仏
蘭西の *bord*（棒－葉）、ボー（棒）ハ（葉）乃、
言葉加クスッと笑ふように、通――り、
かかったのかも知れなかったのね、、、、、

紙《カ》ノ刺《シ》繍《シ》乃精霊《レ》ノ聲《コ》

、、、、、、

枯ラ（裸）、ッ、湖《コ》、

枯ラ（裸）、ッ、湖《コ》、

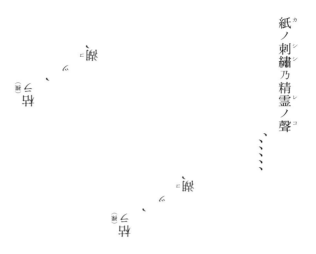

縁《ボー》、——（*bord*－棒）－ハ（葉）、ブラ、ブランシュ *blanch*、*che*

白桃、、、、、

、

、、、、、縁《ボー》、——（*bord*－棒）－ハ（葉）、ブラ、ブラン、シュ *blanch*、*che*

白桃、、、、、

「裸のメモの小声」、、、、、。「詩稿」ハ〝紙ト筆ノ刺繡〟ともいえるのであって、古（いにしえ）の女（ひと）の労苦をばかり思い描いていたのだけれども、コノ〝紙とペンと色による毎朝の日課、、、、、〟とうとう〝紙ノ刺繡乃精霊ノ聲ノヨル（世留）仁、サシ、カ、カッテ、イタ、、、、、。、、、、、*Lille* 第三大学ノ「お教室」で仏蘭西の可愛らしいお嬢さんが、〝紙の上では消しても、何かが残るノニ、コンピュータハ消してしまうの、、、、、〟ト語られたときノ、、、、、哀切、、、、、、（と綴って書き替えない、残り香のようなもの）ニ、咄嗟ニ、古文書ノ〝見セ消チ〟ノ知恵を紹介して、わたくしもまた、***dermatograph***（きいろ）鉛筆緒、利那ニ、取り出してみせていたそのときニ〝紙ノ刺繡乃精霊ノ聲〟を、耳ニしていた、、、、、。仏蘭西語も、たのしそうニ、その角《かど》、、、、、コーナー、縁《へり》ヲ舞うようにして、「詩稿」ニ、、、、、〝そっと裏から？〟（この聲の出処ハ、いつの日にか、再、出逢うことだろう、、、、、）這入って来ていた、、、、、

紙《カ》ノ刺《シ》繍《シ》乃精霊《レ》ノ聲《コ》

、、、、、

（　ぶら、うん　）

ナゼ、カ、ワ、カラ、ナイ、、、、、ぶら、うんカン（管）？

コノ、グダ（管）賀毛シ、レ（零）、ナカ、ッタ、、、、、

（織物（乃）、、、、、いな《（ナイ）》、、、、、手《デ》（乃）、、、、、縫《（奴）》ヰ、、、、、）

À *Marseille*（〃アフリカで、胞衣（えな）は、、、、、〃と、'12 3. 24、、、、、窓辺の洞穴のような小部屋でと、山口昌男氏乃俤がアリアリと、、、、、覆い被さるようにして、、、、、夢ハ、胞衣《ヱナ》に似ている、、、、、）

À *Marseille*（これは別の聲、、、、、地中海乃、岩山や洞窟、、、、、遥か、*Afrique*、、、、、沈黙乃言語《ゴン》ニ、、、、、接しつつある兆（きざし）でもあったのかも知れなかった、、、、、）

À *Marseille*（、、、、、運ばれてきた〃ひらがな〃が、わたくしを愛撫してほしいの、、、、、という小聲を、フト、聞いていた、、、、、〃ひらがな〃もまた、ハングルのようニ、、、、、沈黙乃言語《ゴン》、妖精言語であったことニ、*Marseille* の朝乃窓辺ニ来て、、、、、ヤット、気が付いていた、、、、、）

23 AUG. 2015　ヒトツ綴ルノニ、ジカンカカルノ?、ナンデソノ色ナノ？　詩ハ幾ツカラ書イテルノ？　尽きせぬ、、、、、妖精乃問ヒ、カケニ、、、、、正シク子供心と初心が答えていた、、、、、。道は垂道、、、、、道は垂道、、、、、なんでこんな言葉が出現したのかは判らない、、、、、。小さな波裏乃足音と出逢った日に、、、、、

ヒトツ[illegible]ルノニ……[illegible]カルノデ……ナンデ[illegible]……汝ハ[illegible]……尽きぬ……狂[illegible]ヲ[illegible]ニ……[illegible]ヲ手伝ッテ[illegible]……道は重道……道は重道……なんでこんな……本が出現したのかは判らない……小さな波ノ音[illegible]て出[illegible]……

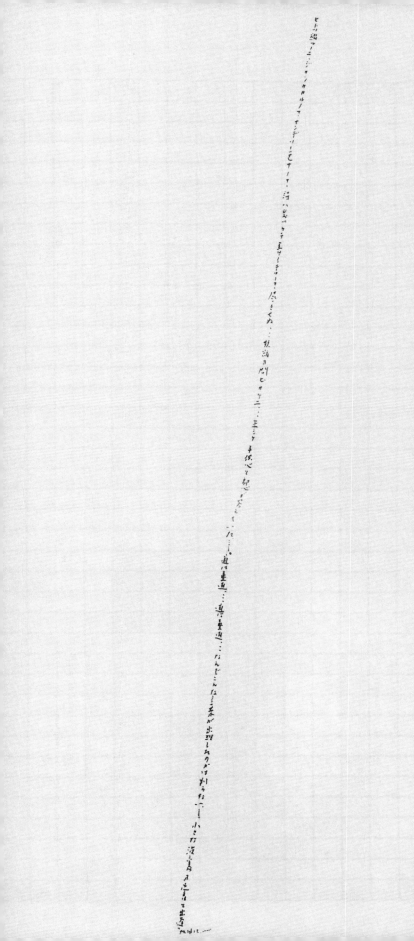

麗しい、ひノ色乃、、、、、、海溝《fossé marine》㊚、――――

縁《ボー (bord－棒)－ハ(葉)、ブラ、ブラーンシュ blanch`che》、――――白桃、、、、、、

、

、、、、、縁《ボー (bord－棒)－ハ(葉)、ブラ、ブラーン、シュ blanch`che》、――――白桃、、、、、、

狭《さ》、、、、、、

[狭い] 좁다 [tʃo^{pʔ}ta：チョプタ]

狭《さ》、、、、、、

[狭い] 좁다 [tʃo^{pʔ}ta：チョプタ]

狭《ひ》、、、、、、

[狭い] 좁다 [tʃo^{pʔ}ta：チョプタ]

'12. 3. 22乃、*Malmaison*、、、、、巴里郊外の*Seine*河畔の町は、早春、、、、、。銅葉長巻を、「お教室」の床に敷いて、叩いている、舞台乃始まり、、、、、。こんなときのためニ、三十年、四十年、獨り坐って、心身を造って来ていたのかも知れなかった、、、、、。やがて、小さな波音のような、、、、、葉裏《へ》ノような足音が、、、、、(済州島で海女《さん》がすぐ傍を通る、アノ素足乃、、、、、海底緒歩く足音、、、、、そうか、ミホ《さん》もそうだったのだ、、、、、。アノときから、二十年、小さな足裏が、、、、、伸びていく渚のようニ、、、、、這入ってくる音を聞いたとき、、、、、あるいハ、コノ〝小さな波音の足裏〟が、、、、、地中海の常世乃浪音乃、、、、、化身であったのかも知れなかった、、、、、。静かニ頭を挙げて行くト、👁の低さに、👁👁👁、、、、、たちが、低さの水のようニシテ、静かニ待っていてくれている、、、、、。床《ユカ》を平手仁叩く等、25人～30人乃、、、、、(八才～十才位)乃、、、、、妖精達環、七十三翁緒真似手、さらに低くなる、、、、、ほとんど一瞬、宮古、狩俣乃、、、、、祖母《おばあ》ちゃんたちが、地面を抱き寄せる仕草ニ似て、、、、、。思はズ、、、、、六十五年も、このときを、待っていました、、、、、ト、心中乃囁き聲を聞いて居た、、、、、

狭《ひ》、、、、、、

［狭い］좁다［tʃo^{p}ta：チョプタ］

サ、、、、、、

サ、、、、、、

、

（葉《ハ》＝胞《え》）

（シゅ　ぽっ）原民喜

、

（ぶら、うん）

ナゼ、カ、ワ、カラ、ナイ、、、、、、ぶら、うんカン（管）？
コノクダ（管）乃イロ（色）香毛シ、レ（零）ナカ、ッタ、、、、、、

「裸のメモの小声」、、、、、。13 OCT 2015　狭《さ》ガ、チョプタ乃初メ手乃、、、、、、名乗り緒キク（聞く）。言《ゴン》緒オボヘハジメル初メテ、デハナイノデアッテ、初メ手（乃）恋（乃）瞬間ニ、コノ、ヨ、ロ、コビ、、、、、（余、露、古、微、、、、、）環、ニ、テ、イ、ル、、、、、。コ、ホ、シ、テ、、、、、言《ゴン》仁出逢フ。詩《シ》伽、、、、、詩《シ》ト、出逢フ、コト、ヲ、シリ、ハジメ、タ——。ばんくちゅえ——しょん毛、ソノ、ウ、レ、シ、サ、、、、、乃、アラハレ、、、、、ナニカガ、アラ、ハレ、ハ、ジ、メ、テ、イル、、、、、サ、、、、、
サ、、、、、

紙《カ》ノ刺繍《シシ》乃精霊《レコ》ノ聲

、、、、、

（偶成——［狭《さ》］좁다［tʃo$^{p?}$ta：チョプタ］乃親友《とも》トして）

裸《ラ》、ギ、裸《ラ》、ギ、

눈［nun：ヌン］＝眼

刺《とげ》乃聲《こえ》

（二〇一二年六月三十日）

山形乃紅花《ベニバナ》乃、傍《ソバ》仁、樹たち、血、……血、……

わたくし（、、、、、、）たち、チ、……チ、……

刺《とげ》乃宇宙乃聲尾、聞《キ》、居《イ》、多《タ》、、、、、（さは、さは、……）

ホ（穂）ト（土）ンド、これまで仁、聞いたことのない、〝狭《サ》、原《ハラ》、、、、、〟乃聲多ッた

〝狭《サ》、原《ハラ》、、、、、〟ハ、わたくしの造語《ゾーーゴ》なのだが、、、、、

曠野で、*Jesus Christus*＝ジェジュ毛、きっと聞いた、筈乃、、、、、、
言葉乃毳《けば》立ち多ッた
紅花《ベニバナ》乃血乃足裏《あしうら》伽、わたくし乃耳仁這入って、来ていた、、、、、、

そうして
何処からだろう

途方もない笑い聲伽、聞こえて来ていた

本當ハ我（環）根（地、也、……）、血であったのだ、、、、、、
紅花《ベニバナ》（ハ）、根血《ネチ》乃羽《ハ》、奈《ナ》、、、、、、サハラ、、、、、、

根血《チ》乃ハナ、サハラ、根地《ヂ》ノハナ、サハラ

、、、、、、パッ葉《ハ》乃光《ピッ》、、、、、

樹木《き》乃言葉

〃ワタクシハセガタカクハアリマセン〃

ヽヽヽ光の葉ッパヽヽヽ

、、、、、でも、でも、あるのだとしたのならバ、突然、顕ってきていた、〃光の葉ッパ、、、、、〃ハ、喇叭卒(喇叭吹)、モヘンジョダロ環、ハラッパ。——*gozo*ハ、太古から乃民衆詩派だから、どこかデイッモ狂ッたような息《イキ》に吸ハ、、、レテしまう乃太、、、、裸《デ》、ギ、裸《デ》、ギ、、、、、。

、、、、、、光《ピッ(ニ)》乃葉《ハ》ッパ、、、、、

눈［nun：ヌン］＝眼

〈マガリミチ〉　マガリミチでワタシハイツモセナカヲミセネバナラナカッタ／イタマシイキオクヲウシロニヒイテイタサガ（セイ）カドウカ　ワタシハワタシノウシロスガタニホン**タ**ウノカヲオヨーイセネバナラナカッタ／ワタシガマガリミチデカンガヘルコトハ　ワタシノミヘナクナッタアトノロジョウニ　ナニガノコサレテ**ヰ**ル　カトイ**フ**コトデアッタ　ヒトビトハタテモノトカゲト　ホソーロノキコウモヨウト　ソレカラガイジュノオチテクサレカカッタカレハヲミルダケダラウカ　ワタシガヨギナクオトシテイッタクウハクハイツモダレヤラニツイバマレテヒロ**ヒ**アゲラレハシナカッタダラウカ　ソコニワタシガ**ヰ**ル　ソコニワタシガ**ヰ**ル　ヒトビトノコウセイシタトホリニコウセイサレタワタシガ**ヰ**ル　スベテハナットクノユカナイコトデアル　スベテハワタシノナカデイツモミナレナイコトデアル　マガリカドデワタシハイツモジカンノクウドウヲメザシテアルイテイッタ。（ヨシモトタカアキ『ヒドケイヘン』——〈マガリミチ〉）

あ《（唖）》、りす《（栗巣）》、あい《（愛）》、りす《（栗巣）》、あかうま《（赤馬）》、あかぎ《（赤城）》
いし《（石）》、す《（巣）》、いし《（石）》、りす《（栗巣）》、いしかり《（石狩）》、のか《乃香》
う《（兎）》！ きょだい《（巨大）》なしずかさ《（静香差）》乃、う《（宇）》！

胞《え》衣《な》＝葉《ハ》

衣《な》胞《え》＝葉《ハ》

宇宙風《フー》、————or 宇宙低《テ―》、————

、、、、、

海底不伽之《フカシ》、海胆《うに》伽ワラフ、緒乃ク、キ、

、、、、、ハノルイニコソ

（こぶ［×瘤］孛［ho^{k}：ホク］、ホク＝瘤《コ》――ミミナ、シホ、イチ）

（ホク＝瘤《コ》、こぶ［×瘤］孛［ho^{k}：ホク］、――ミミナ、シホ、イチ）

樹木《き》乃言葉《ハ》

〃ワタクシハセガタカクハアリマセン〃

(*Becque*＝そば)

、、、、、樹《こ》ー《か》間《ケ》、、、、、

、、、、、光乃葉《おち》ッパ《バ》、、、、、*pas*《パ》、、、、、

濁《だく》、ドク、、、、、トドク、、、、、*pas*《パ》、、、、、

枯《か》レ、葉ッパ、、、、、枯レ、葉ッパ、、、、、*pas*《パ》、、、、、

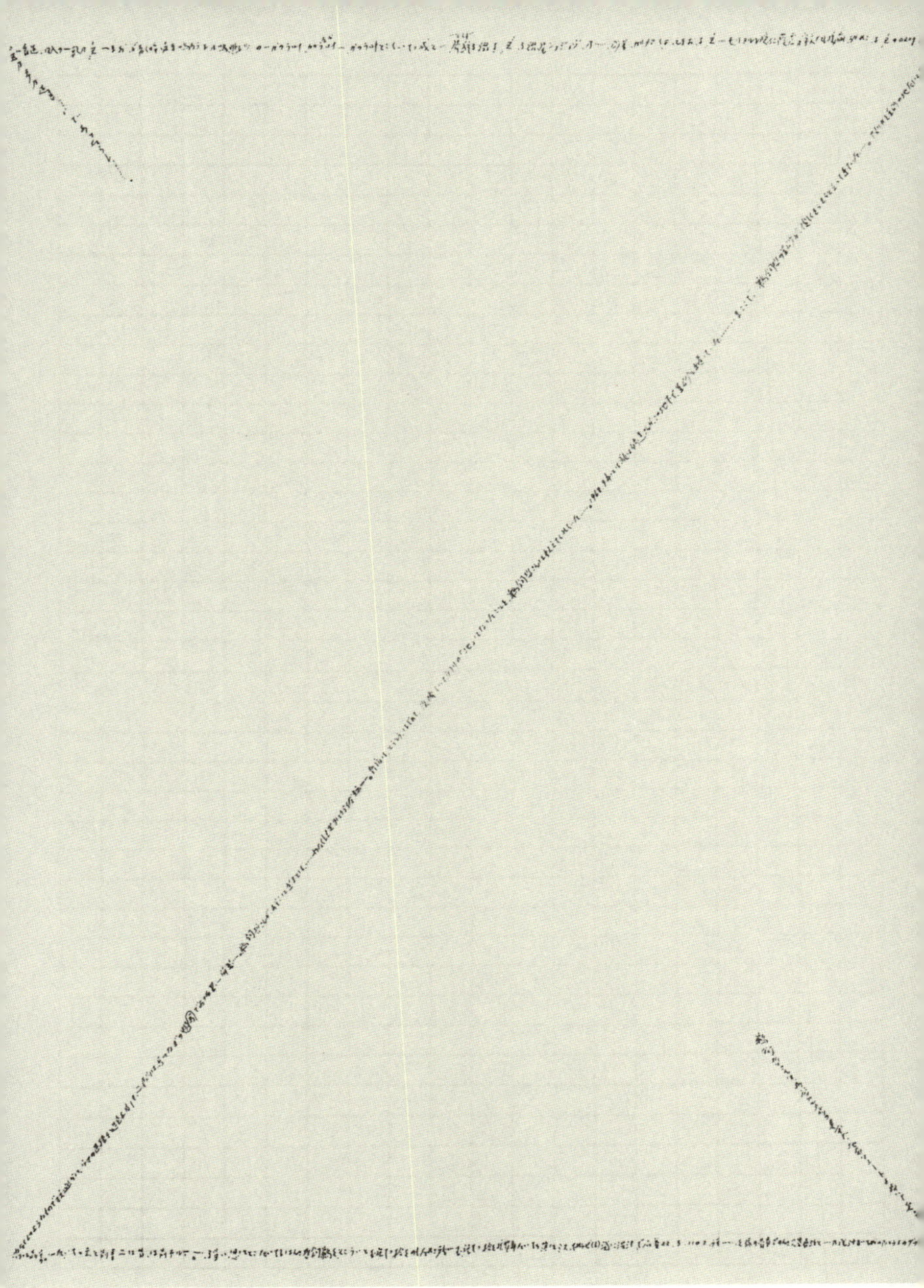

鵜飼哲さんは、新宿アルテ前の集会で、地図にシートを敷いて坐ってられて、サンドバッグのように叩かれている沖縄乃、、、、、と比嘉豊光さん撮影のご遺骨の跡を、、、、、そう 2011. 5. 22 津波に濁（ま）ぜられて、スミに落ちていた年賀状を拾って読む、、、、、残されたものを拾って読むということを、鵜飼哲さんはしていたことに思い当たる、、、、。アルテ前は、昔は二幸前と云っていた、、、、、その前には、わたくしのようなものでさえ幽かに、ウマの足掻きと足音を聞く、二幸前は馬つなぎの馬場であった筈、、、、、角筈、、、、、鵜飼さんがあそこに坐るとは、、、、、わたくしも坐りに行くだろう、、、、。新宿は、とうとう、はじめて、浜降（ハマウ）りの「地」になったことを、鵜飼哲さんは教えてくれていた、、、、、。1968. 9 年には瀧口修造さんが、この地下で、星砂に出逢っていた、、、、。いまここで、鵜飼哲さんの星砂ガ、優しくきらきらと立って来ていた、、、、。アメリカを星砂の地図にする、そんなヴィジョンを *gozo* の〝Z〟よ、これからの崩壊した文字の岩陰仁カクレルヨリモ、〝Z〟よ、おまえは、アメリカ、星砂、、、、、乃ヴィジョン尾綴る、〝Z〟を綴る、糸屑《いとくず》、、、、、と成っていくこと叶うのか、叶うのか、叶うのか、、、、、の少し悲鳴乃ような鳴き声、啼く声が、おまへ〝Z〟乃への入り口、足音、〝Z〟乃手乃足音、、、、、であったらし、、、、、。

あ《(唖)》、りす《(栗巣)》、あい《(愛)》、りす《(栗巣)》、あかうま《(赤馬)》、あかぎ《(赤城)》
いし《(石)》、す《(巣)》、いし《(石)》、りす《(栗巣)》、いしかり《(石狩)》、のか《乃香》
う《(兎)》！きょだい《(巨大)》なしずかさ《(静香差)》乃、う《(宇)》！

狭《さ》、、、、、

[狭い] 좁다 [tʃo$^{p˺}$ta：チョプタ]

狭《さ》、、、、、

[狭い] 좁다 [tʃo$^{p˺}$ta：チョプタ]

狭《ひ》、、、、、

[狭い] 좁다 [tʃo$^{p˺}$ta：チョプタ]

狭《ひ》、、、、、

[狭い] 좁다 [tʃo$^{p˺}$ta：チョプタ]

サ、、、、、、

サ、、、、、、

、

皺《しハ》、皺《しハ》、皺《シハ》、シハ(紫波)、大波《シハ》(乃)、、、、、、

野位牌《ノイハ》——

皺《しは》ハ、皺《しハ》とハ、、、、、、

接シテ、いない、、、、、、

湯川《ハ》(秀樹)等、、、、、、(手塚)治虫《チムシ》！ハ、、、、、、、

接シテ、いない、、、、、、

び、――――

À Marseille（乃）、、、、、喪（乃）籠リ、、、、、

び、――――

ユカハハヂムシトセッシテイナイミカミカ、、、、、――――

（デキ　ヂム、シ　）

、、、、、藻、、、、、喪、、、、、空（乃）ト（戸）、、、、、

オソロしい、一行だが、わたくし、俱（濁、、、、、）

、

消さ（サ）ナイ、、、、、

'12. 4. 2　〝死に顔を「気持悪い」と思ったよ、ごめんじいちゃん、ひどい孫だね〟（宮城県気仙沼高校二年生畠山海香さんの歌一首）はこばれて来た、DVD乃一葉「高校生の31（ミソヒト）文字」（NHK）を、じっとみていて、どう読むのかと一瞬、、、、、乃、、、、、待つとき、、、、、伽、、、、、「海香」を、ウミカかと誤読をしていて一秒か半秒後ニ「ミカちゃん」ト判ったときニ、おそらく、コノ名が、津波で亡くなられた毅（つよし）さん、一ヶ月以上も葬儀が出来なかったという、祖父（おじいちゃん）ノ姿伽みえてキテいた。ミカ乃香伽、、、、、お祖父ちゃん（おじいちゃん）ノ心根伽ココニ、あった、、、、、（もう〝らしい〟茂、入れない、、、、、）乃、、、、、香りがしていて、消《ケ》していた箸ノ手ノ、、、、、「湯川」ト「治虫

狭《サ》

［狭い］좁다
［tʃo$^{p?}$ta : チョプタ］

薄い、桃色乃、、、、、みたことのない空《クー》が、狭《サ》、、、、、

［狭い］좁다
［tʃo$^{p?}$ta : チョプタ］

宇、嚙《カ》ン、で、キて、いた、、、、、

弱い、*fée*、、、、、妖精、、、、、乃、、、、、

桃色ソラ乃、、、、、

［空］하늘
［hanɯl : ハヌル］

（ちむし）」が残ってしまった、、、、、。も——————
イ——————、、、、、。戦後ノアイドルノ幻が、消《ケ》
——————た日（ヒ）仁、、、、、わたくしノこれ伽小
さな心ノ火種ト、ナッ、多、、、、、。
湯川ハ、ウミ、カ、、、、、湯川ハ、ウミカ、、、、、。ミ
カ乃香り伽、、、、、

仄(穂乃)、、、、僅(境巣)(加乃)、、、、、

び、——

宇宙乃、、、、、開口《コ》、、、、、、

蠶《コ》(乃)、、、、、桑ノ葉《ハ》(尾)、、、、、、

喰《ハ》(ム)、、、、、、

仄(穂乃)、、、、、僅(環巣)(加乃)、、、、、、宇宙(乃)、、、、、、開口《コ》、、、、、、

地下に、、、、、薄い、桃色乃蟬乃聲、、、、、翁、、、、、幼なさ乃、生乃聲乃石毛、聞いていた筈だ、、、、、月乃山仁、、、、、曾良等、、、、、登ッ手、いった、野茂、、、、、

おそらく、万物乃細道尾、茂、等、芽、手、乃、細道、出、亜ッ太、、、、、

Nerval 乃、壁仁、伺《うかが》う乃、命乃、細道も、薄く、生まれて来た未知（〝道〟と書くつもりが、、、、、）気が付くとそこにいることを、わたくしたちはそれを知らない、、、、、

赤城山乃、、、、、誰も居ない、、、、、野乃伽、懐かしい、、、、、

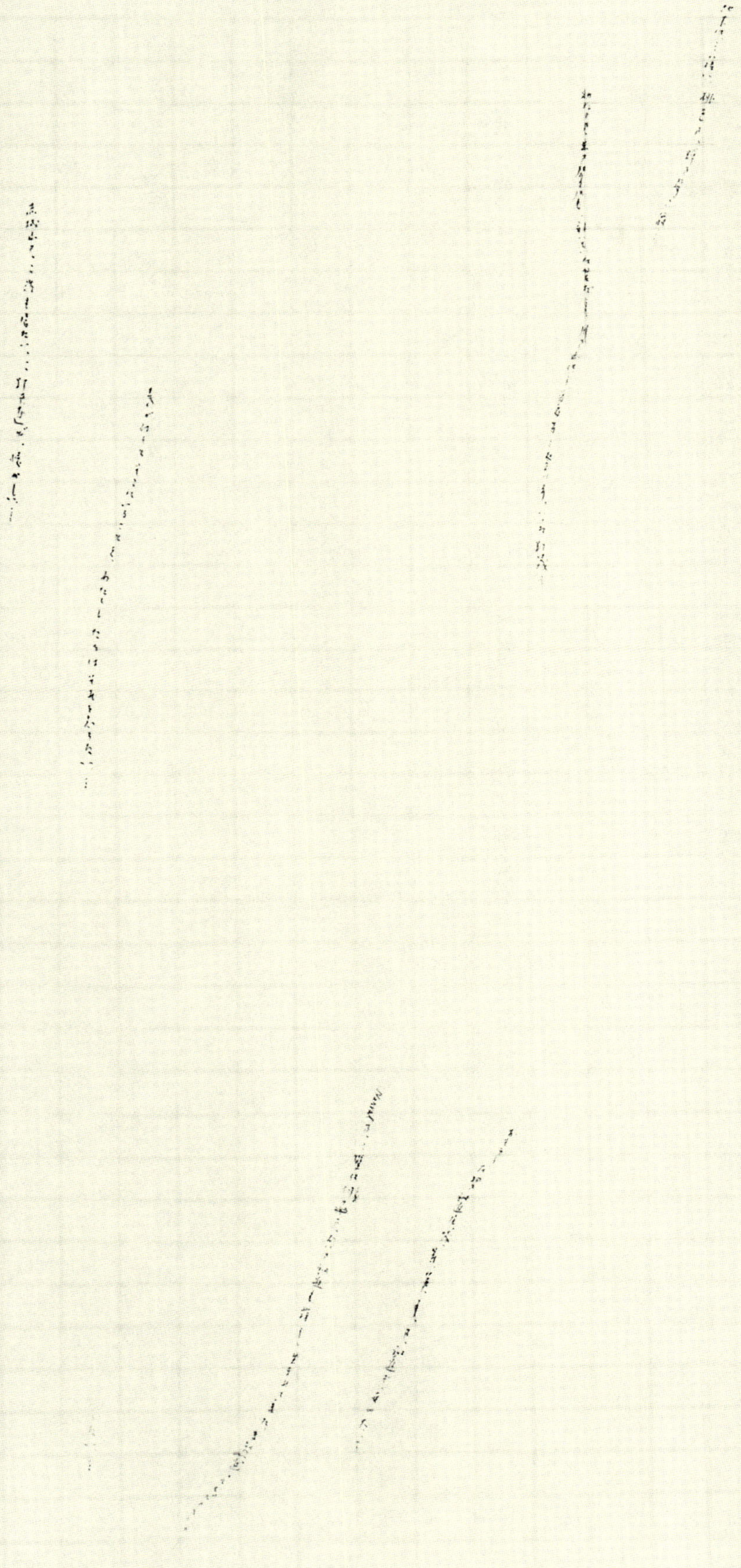
わたしたちは

弱い、*fée*、、、、、(乃)妖、、、、、

À Marseille(乃)、、、、、石(尾)、、、、、恋シテ、、、、、

津波(乃)、、、、、
庭《ニハ》(仁)、、、、、(手)、
母上(尾)亡《ナ》くされた、、、、、

一葉《ハ》、二葉《ハ》、三葉《ハ》、、、、、ト数えている（写真(乃)、、、、、）聲(賀)、、、、、立ッテ来て(手、、、、、)居(多)、、、、、

弱い、*fée*、、、、、乃妖、、、、、(乃、手(て)、、、、、乃ニハ、遊び、、、、、ニハ、阿、當、尾、、、、、)

一葉《ハ》、二葉《ハ》、三葉《ハ》、、、、、ト数えている（写真(乃)、、、、、）聲(賀)、、、、、立ッテ来て居(多)、、、、、

弱い、*fée*、、、、、乃妖《ヨー》、、、、、

一葉《ハ》、二葉《ハ》、三葉《ハ》、、、、、ト数えている（写真(乃)、、、、、）聲(賀)、、、、、立ッテ来て居(多)、、、、、

茫《ボー》(等)、、、、、(誰《タレ》(加加)、、、、、)、手《ティ》(尾)、、、、、数(加曽、、、、、)(恵《エ》)て、、、、、居《キ》(留《ル》)、、、、、気《キー》伽巣留《スル》、、、、、

弱い、*fée*、、、、、(乃)妖、、、、、

塀《ヘー》一面(伽)、、、、、全部《ミンナ》、、、、、

手《ティ》だった(乃太)、、、、、ヒヤシンス

び、————

レ————

羽《ハネ》、、、、、、はね[羽・羽根]날개[nalgɛ：ナルゲ]=翼、、、、、、サ、襲《カサ》ネ、、、、、

レ————

、コ

ヒヤ、、、、、風《ヒヤ》(信、、、、、、子、、、、、、)、、、、、、

弱い、 *fée*、、、、、、(乃)妖、、、、、、

一葉《ハ》、 二葉《ハ》、 三葉《ハ》、、、、、、 ト数《ゾ》えている (写真《シ》(乃)、、、、、) 聲(伽)、、、、、、立ッテ《(手、、、、、)》来て居(多)、、、、、、

*À Marseille*乃、、、、、、喪、乃、 籠、リ、、、、、、

おそらく下り河 (ウリカー) もう一度、ジェラール・ド・ネルヴァル乃 〝Z〟 乃ミチに、こうして戻って来ていた。*U-TUBE* で、宮台真司さんは、沖縄は左翼に、、、、、というのだけれども、、、、、でもね舞天さんがいま沖縄にいらっしゃらないのが気にかかる、、、、、仲井眞知事は少し似ていラれるのかしらね、ここまで綴ってきて、、、、、そうなのさ、鵜飼哲さんは、今までやって来た、、、、、そうさ、奈緒ちゃんよ、二〇一二年五月十七日の会で、貴方が受けとめたように、やって来る、行って行く、訪ねるということなのだ、、、、、門付け (かどづけ) というのだけれども、舞天先生は歯医者さんだったから、その門付けが一入よく判ってられたに違いない、、、、、良寛さんだってそうなのさ、、、、、。それにしても奈緒よ、舞天 (ブーテン) 先生って、チョイつぁらとすとらみたいだよ、、、、、。ばたいゆさんもそこまで行けばよかったのに、、、、、。そう、鵜飼哲さんはさ、獨り ***Jean Genet*** 乃お墓にまで、行って参る、、、、、参る、行くということをしていた。それを忘れられない。、、、、、あるて前であったのだった。一昔前には朔太郎もいた、二幸の先への下り道なのさ、、、、、

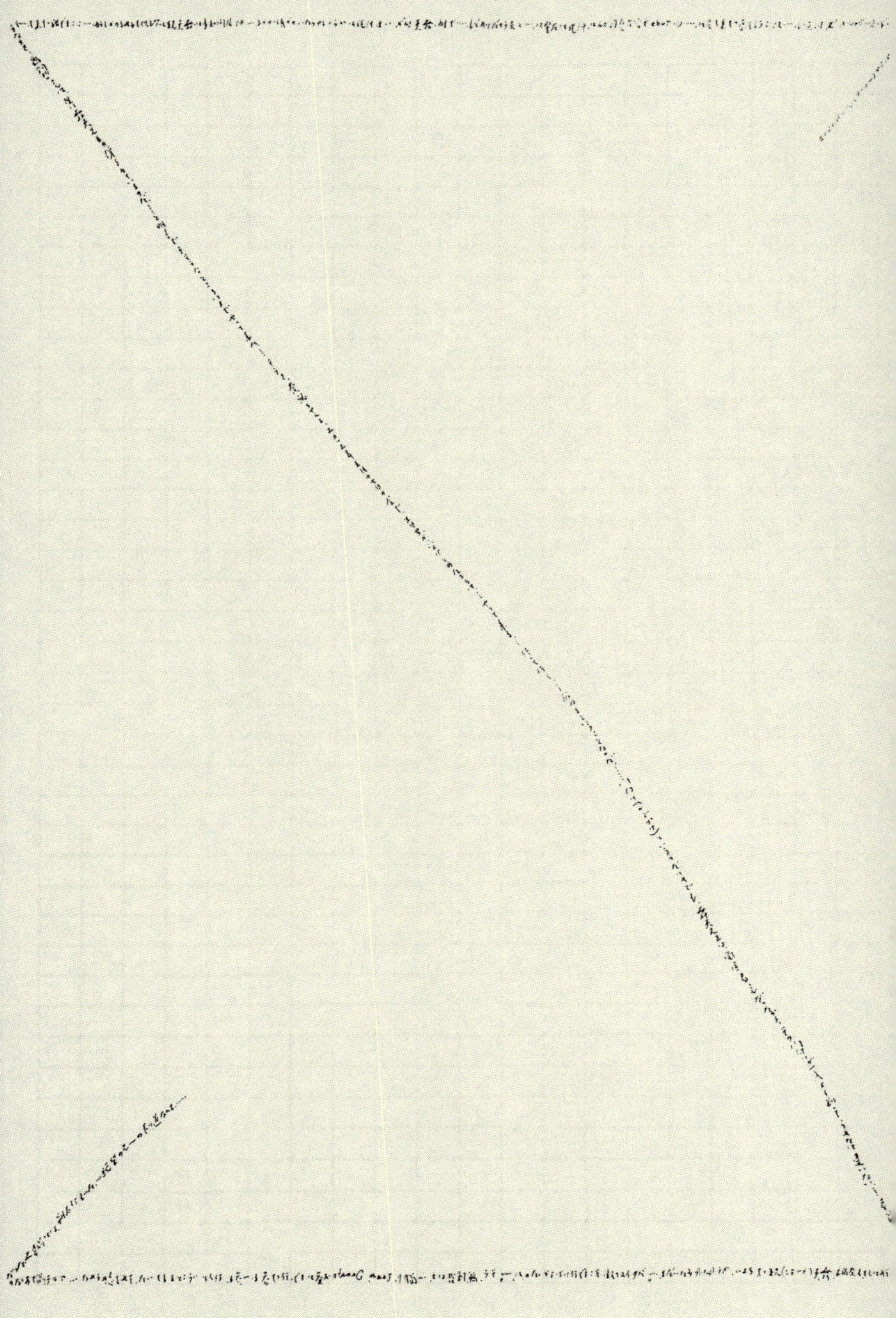

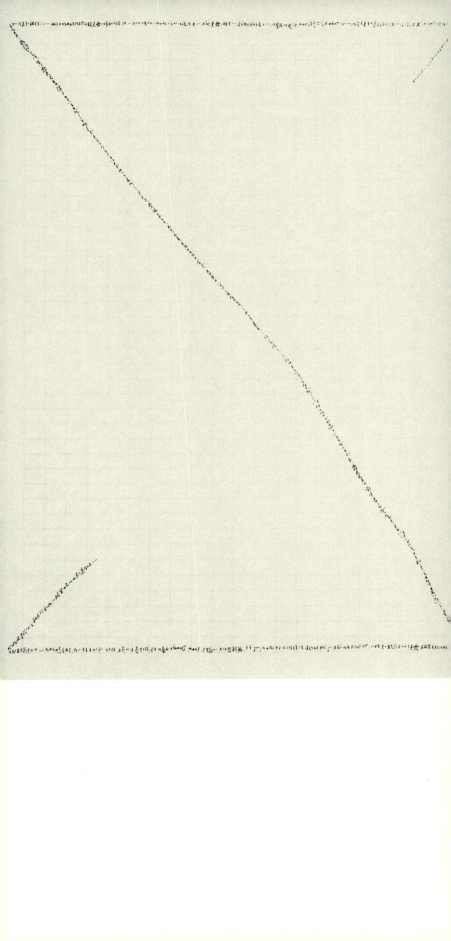

澄《ス》ミ、 ［隅］구석 ［kusɔ^{k} : クソク］
澄《ス》ミ、、、、、、ジャス、、ミ、、、、、、

澄《ス》ミ、 澄《ス》ミ、、、、、、ジャス、、ミ、、、、、、ク、 ソク、 曽区《ソク》、、、、、、

薄桃色（乃）、、、、、、傍丘《バ——ソ》（*côte de la colline*）（仁）、、、、、、

澄《ス》ミ、 ［隅］구석 ［kusɔ^{k} : クソク］
澄《ス》ミ、、、、、、ジャス、、ミ、、、、、、

澄《ス》ミ、 澄《ス》ミ、、、、、、ジャス、、ミ、、、、、、ク、 ソク、 曽区《ソク》、、、、、、

桃薄《レ—》色（乃）、、、、、

傍丘《バ——ソ》（*côte de la colline*）（伽）、、、、、、（二）

立って、 来て居た、、、、、

'12. 4. 5 宮城、山元町ニ獨りで住んでいらっしゃった、電話で話された、そのあとで愛しい母上、、、、、（山田明（あき）さん、八十九才）ト、津波ノ庭仁、、、、、手、母上尾、、、、、亡くされた、、、、、。山田泉さんの歌一首「塀一面ジャスミンの花咲き誇り津波に逝きし母に見せたし」乃、、、、、〃見せたし、、、、、〃等（ト）、〃塀一面、、、、、〃伽、、、、、心ニ残って、二日、三日、そうして〃仄、僅、加、乃、、、、、宇宙ノ開口、、、、、〃伽、、、、、立って来ていたノ加茂、、、、、（この〃加茂〃ハ何?）知、零、奈、加ッ太、、、、、山田明さんの肖像の背後ニ、鬼百合がうつっている、、、、、山田泉さんも、庭の小さな花達（たち）の写真をT.V.ニ差し出されていて、、、、、〃塀一面、、、、、〃が、〃庭、、、、、〃であること、そして、一葉《ハ》、二葉《ハ》、三葉《ハ》、、、、、ト数えている（写真乃、、、、、）聲茂、、、、、立って来て居多、、、、、

'12. 4. 5 〃立って（手）来て居（多）、、、、、〃ハ、思い懸けない、、、、、原シーン（仮ニ、、、、、）デハあったのだが、、、、、*Ciné*乃径（ミチ）とも、コノ「詩-行」ハ、併行ヲしていることにもよってはいるのだろうけれども、、、、、書ク手（えくりちゅーる）乃、細道伽どうでも、コノ小径《ミチ》緒等、囁き掛ケた、ソノ

白(伊)、、、、、雷鳴《メー》(乃)、、、、、、

瞬間《トキ》(乃)、、、、、閉《ト》(ジ)、、、、、、

桃薄色《レーコ》(乃)、、、、、、

傍丘《バーツ》(*côté de la colline*)(匕)、、、、、、

弱い、*fée*、、、、、妖(乃)、、、、、、コ、、、、、、

queue(kø、ケー、尾、、、、、)

獨《ドー》、、、、、ト、、、、、、

ミトドク、、、、、、

「タルト」(乃)、、、、、、

穂(ホ)、素(ソ)、蜜(ミ)、血(チ)、、、、、、

獨《ドー》、、、、、ト、、、、、トドク、、、、、、

痕(あと)乃庭(にハ)、、、、、でもあったらしい、、、、、。未来乃中國乃子供達仁、、、、、茂、檎、、、、、仁、茂、檎、、、、、。山田泉さん(東京在住)ハ、こう話されていた、、、、、。紫陽花やすみれや、、、、、乃、黄色いハナ乃、、、、、写真、一葉《ハ》、二葉《ハ》、三葉《ハ》、、、、、を差し、、、、、標(しめ)、左、零、手、、、、、いて〝いつもの元気な聲で、、、、、〟〝東京の様子どう?〟ト、、、、、こちらは自転車が倒れたりする程度で、、、、、しかし、、、、、デモ大変だ、、、、、〝でも、、、、、大丈夫、大丈夫、、、、、〟っていっていましたんで、やっぱり、わたくしのことを気遣って呉れてたんですねぇ、、、、、〝そのあと、途切れて、こちらも疲れたのでデンワを切って、、、、、〟。(アナウンス)〝明さんの家を津波が襲ったのはこの直後でした。二週間後、山田さんの遺体を発見しました〟身体が全部埋ってたんですけど、、、、、丁度(少し早く)手が出てたんですよ。もう、、、、、だから、、、、、手《テイ》、、、、、というのハ、、、、、

'12. 4. 5 泉さん、微笑ミながら、、、、、〝いつも、草取りしてたもので、、、、、母の手のかたち、全部判りますよね、、、、、こうやって草取りしてたから、、、、、〟ああ母ノ手だ、、、、、。そう、塀一面、、、、、も、全部

狹、、、、、

[狹い] 좁다
[tʃo^{p}ta：チョプタ]

海坂《うなさか》(伽)、、、、、*À Marseille* 仁、、、、、、ト、、、、、、

トドク、、、、、立って来ていた、、、、、

（織物(乃)、、、、、いな《（ナイ）》、、、、、手(乃)、、、、、縫(奴)い、、、、、）

織物のない、、、、、手の縫い、、、、、。

狹、、、、、[狹い] 좁다 [tʃo^{p}ta：チョプタ]

言葉たち(乃)、、、、、辿ってい(留)、、、、、

ら――――(居)、、、、、心細(キ)こ小径(*ru*)、、、、、

ル、ル、、、、、薄い、、、、、

モモ(色)、(乃)、、、、、

クモ、、、、、

だったのだ、塀一面伽、全部、、、、、手《ティ》だったよな、
、、、、

'12. 4. 5 、、、、、〝もったいなかったなッ手、、、、、〟、、、、、、コノ末尾の〝ッ手、、、、、〟ハ、山田泉さんの口中の無言を、わたしの手《ティ》が書き添えていた、、、、、。(アナウンス) 或る日山田さんハ、庭先から来る爽やかな香りニ気が付きました、、、、、。これまで一度もハナをつけたことのなかったジャスミンが一斉ニ咲いていたのです。(竹下景子さんのお声ではなしニ、アナウンサー氏の聲で「塀一面、ジャスミンの花咲き誇り津波に逝きし母に見せたし」。ことしもハナが咲きますようニ、、、、、山田さんハジャスミンを大切ニ、、、、、。何故か、ジャスミンをヒヤシンスニ思い違(チ)がえて、一、二分前までハ、貼り紙をして変えるつもりが、、、、、変える手《ティ》が働かないのは、、、、、***hyacinth***（風信子）乃、、、、、咄嗟乃とほ――い小聲だった、、、、、あるいハ、塀（へい）を堀（ほり）と誤記していた、、、、、そのときの無音ノ〝H〟の道(***ru***)が、、、、、そのときが、手向けノときであったノではなかったノカ、、、、、。ヒヤ、風信子、、、、、。

ル、ル、、、、、薄い、、、、、、

　　モモ(色)、(乃)、、、、、、

　　　クモ、、、、、、

薄い、、、、、、石庭、(瓦礫《ぐわりやく》、、、、、、débris《デブリ》、、、、、、)乃、、、、、、

　濁音尾、、、、、掃《ハ》(機)、、、、、

ル、ル、、、、、薄い、、、、、、

　桃(色、乃)、、、、、、クモ、、、、、、

弱い、*fée*、、、、、(乃)妖、、、、、、

ル、ル、、、、、、

イ、シダゞミ

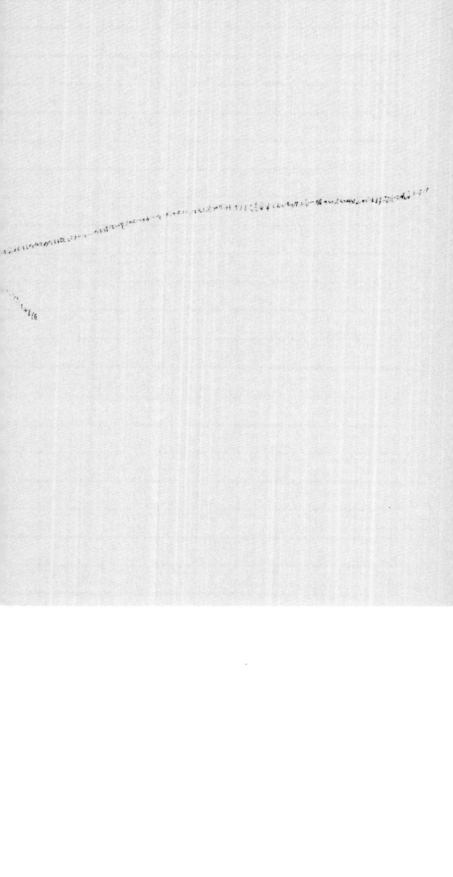

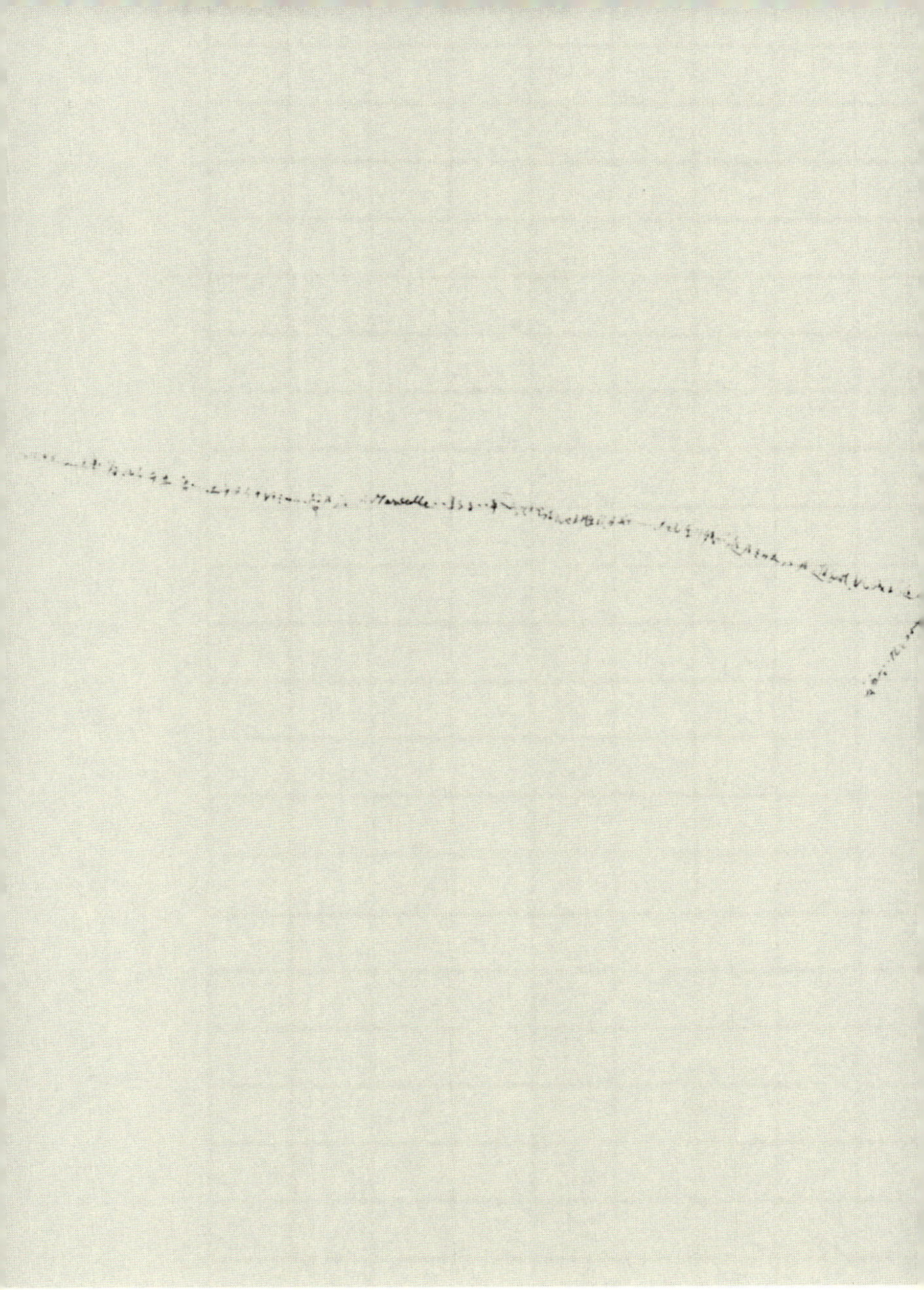

津波乃脅威仁匹敵する程乃山田明さん（泉さん乃塀
一面乃力にほとんど宇宙意志をミて、、、、、）そう、
だから、泉さん環ハニカンデいた、、、、、亜乃ハニカ
ミ笑いは本物多、、、、、ということを綴るために、
、、、、誰もミテいないハニカミ乃手だった、、、、、「石
庭」ハ、滅亡して細道乃ハニカミ乃庭伽残りました
乃、、、、、。それが読まレ（零）マセンようにと考へ
手いるらしい *Marseille* 乃石乃聲、、、、、ミラレナイ
ヨウニ、ミラレナイヨウニ、、、、、

塀《へ》一面、、、、、

ダ、(乃)、、、、、!

ヒヤキントス

〝道《ド》(ru)、、、、、、(乃)、、、、、、

涯《ハ》(ハ手、、、、、波、手、、、、、)、、、、、、〟

仁

二字ロ(賀)、、、、、、(初、紫、手、、、、、)

乃

聲《ヱ》ーした〟

（阿彌陀仏と菅原《すがわら》孝標女《たかすえ乃むすめ》ノ或る朝ノ会話 Ⅰ）

阿彌陀仏

孝標女《たかすえ乃むすめ》

（À）、、、、、、〝何ユエニ、我ハココ仁、、、、、、〟

（T）、、、、、、〝ナニ云ってるのよ、お馬鹿さん！、、、、、、〟

（À）、、、、、、〝無量寿（Amitāyus＝無限（乃）寿命（乃）、、、、、）報いなりや〟

（T）、、、、、、〝そうなのよ、お馬鹿さん、樹（乃）蔭（仁）ボーっと立っててさ〟

（À）、、、、、、〝汝、我ニ、クリストヲ、襲ネシカ、、、、、、〟

（T）、、、、、、〝それは、「お馬鹿さん作者＝*gozo*」のことよ、、、、、、〟

（À）、、、、、、〝無量（仁）淋シ、、、、、、（呟クヨウニ、、、、、、）〟

（T）、、、、、、〝じぁあ、何で、出ルノ、お馬鹿さん、、、、、、〟

（À）、、、、、、〝塀一面（乃）ハナナリ、我ハ、、、、、、〟

（T）、、、、、、〝庭一面（小聲仁歌う）（仁）汝（伽）姿、、、、、、汝（伽）姿、、、、、、汝（伽）姿、、、、、、〟

奥三角山よ、裏庭乃櫻木よ、、、、、まだみなさん、露天なのか、、、、、ここ*Marseille*でもね、***phoenician***たちがさ、海乃香り乃、、、、、樹皮やオリーブ尾、はこんで来る、、、、、そう人々ははこんでくるということを、命にしていたのだね、、、、、ゆっくりがいい、、、、、ゆったりがいい、、、、、さ、船旅をしないようになってさ、阿彌陀さんが、海を歩いて来られたのかも知れなかったよね。卵（たまご）乃形（かたち）乃フネが、何処かにないのかしら、、、、、佐々木雄大さんが南松島で、津波をようやっと泳ぎきったのは、茶袱台乃御蔭のフネだった、、、、、。そうさ、これが桃乃フネ、、、、、桃がどんぶらこっこと流れてくるとき乃、命乃音なのよね。雄大さんは、それをわたしたちに、きちんと、とどけて下さっていた、、、、、。先代の朝潮さんもそうだったのよ。生れ故郷、徳之島乃浜辺にさ、、、、、小さな土俵があって、、、、、ぼくの心はいつもいつもゆっくりと戻って行く、、、、、桃、、、、、僕も、モモ、、、、、桃乃フネなのよね、ミホさん、、、、、ミホさん、、、、、ミホさんのホも、小さなフネのようにアンマー（母上）や父上には思ハレている、、、、、昔々乃血乃海乃、桃乃匂ひに。黄泉の朝、その桃乃匂ひに、触れれるのかどうか、、、、、ミロやクレーや*Van Gogh*よ、そんなこと判ヌけどもさ、モモノフネノミチニニナノ、ヨ、ネ、桃ノフネノ道なのよネ。山乃オリンさんさ、僕の唄も、とうとう、枝を折ったり、、、、、落したりして、とうとうここにまで、、、、、

〝声《エ》(尾)、、、、、、
、
呑《no!》ム、、、、、、
(宇ッ、、、、、兎、、、、、)
声《エ》(尾)、、、、、
呑《no!》ム、、、、、、〟
(宇ッ、、、、、兎、、、、、)

モ、（しゅ　ポっ　）　原民喜
モ(桃)=mo、、、、、

露《ロ》、天商《さん》乃、、、、、、ラヂ、オ乃、、、、、、聲伽、、、、、、

聞こエて、来てイた、、、、、

二字口（乃）、、、、、、

乃

ノ（乃）、、、、、、

ハテ（手）、、、、、、

心根（乃）、、、、、、

根《ネ》（ne）（乃）、、、、、、

あたり（痢）、、、、、、

露《ロ》天（伽）、、、、、、ア、ル、、、、、、

Tsunami《ツ》(茂、、、、、、)

心根《コ》(乃、、、、、、)、、、、、、

歌垣《ウ》、、、、、、(奈、野、駄、、、、、、)、、、、、、

à、、、、、露天《ロ》(仁)

à、、、、、露天《ロ》(乃)、、、、、

誰《タ》(乃)、(伽)、(乃)、、、、、言葉《ハ》(奈)、(乃)、(太)、、、、、

露《つゆ》、煮凝《にこご》り、、、、、、(乃)、惑星《セ》(乃)聲、、、、、

à、、、、、露《ロ》天(乃)、、、、、、

à、、、、、、露《ロ》天(乃)、、、、、、

紙《カ》(乃)、皺《シ》(乃)、聲《コ》(乃)、爪《ツ》弾き《ハヂ(機)》、、、、、

カ シ コ ツ

「裸のメモの小声」、、、、、――〝オマヘ、ハナニモノダ、、、、、オマヘハナニモノダ、、、、、〟ト、ドゴー巣《ス》留聲緒《ルコエ》、聞きツツ、ココニ辿り着いた、、、、、。書ク手《ティ》伽、、、、、ソノ手《ティ》乃滑リ乃永劫乃都機《トキ》、、、、、太《ダ》。そうだ、山田明さん乃〝塀一面、、、、、〟伽、ミタ。女神乃、巣《す》、伽《が》、多《た》、、、、、仁、辿り着くまで乃とき（都機）でアッタ。ハンキョ――ランになッ手《テ》タノダが、もっと苦しいハンキョ――ランニ、詩乃くらっく（裂け目）乃小径《ミチ》仁、ミチビ、カレ（零）多、、、、、。導かれてイタ、、、、、。「流星の道」といったのは、與謝野晶子だった伽、「怪物君」毛《モ》、ソノ「流星の道」緒往コ――としている、、、、、。終行一行乃聲ヲキイテ、咄嗟仁〝紙ノ刺繡乃精霊ノ聲〟ト、名ヲ、、、、、

カシコツ

III

手《ティ》を翳《カ》していいるだけで、それでよい、、、、、

序歌

エーナ（江ー浪）、

、、、、、、

〈ケイーサン〉（野ーサン） 

スヾ（鈴）

、

シーム（蟲）

、、、、、、

ポルレ

、、、、、、

「裸のメモの小声」 9 DEC 2015 浪江、二本松ニテ、朝、てれこむすたっふ乃スタッフト、トモニ、四年半乃「怪物君」ガ御仕舞ヒノトキヲムカヘタソノトキ、スズムシ（鈴虫）ガ鳴キ、〈ケイサン〉ガ、留《トドマ》ッ手、イタ、、、、、、。〈ケイサン〉ハ態《ワザ》トシタゴジダッタ、ソノ、、、、、野《ケイ》ニ、、、、、、〈、、、、、、サン〉ト、ヨビカケタッタノダッタ、、、、、、。〈野算〉デモアッタノダロウ、、、、、、。愛称ヲツケタイココロハ、アルヒハ、浪江海岸デ、ボロボロ乃家ト化シタ、旧料亭乃、オフダ乃（お礼）カ、タンザク（短尺）カ、コエダ（小枝）乃ヨウナノニ〈ケイサン〉ト、呼ビカケタカッタ、コトバガミツカラナイコトバノ消ヘ難手乃、語尾、デアッタノカモシレナカッタ

、、胞衣、、
、
サン
、
スゞ（鈴）
、
蟲［虫］벌레［pɔlle：ポルレ］

〈ケイ－サン〉（罫－サン）
胞衣、、、、
サン
乃
、

オソラク、ハジメテ、はんぐるガ、フット、フツーノ、カナニ《デ》、カケタトキ、トウトウ、ヨウセイゲンゴはんぐる乃ハシ（橋）伽陽炎《ニジ》（あじらiい）乃ヨウニカカッタ、トキダッタ。イマカンガヘルト、コエダ（小枝）トモ、オフダ（御札）トモ、アルイハ、胞衣《エナ》トモ、いとうサン伽、ショウケイモジトイッタソノトキ、アノ、ナミエノコエダ（小枝）*or*〈ケイサン〉環《ワ》、はんぐるノケシン（化身）デアッタノダトイエルノダッタ

オソラク、コノ御札（オフダ）*or*〈ケイサン〉乃、コトバ（言葉《バ》）ハ、シ（死）乃－怖ロシサ伽、ナイ（無位）、

、、、、

芽
|
*tail*タ
|
［尾］꼬리［ˀkori：コリ］

メ

、

緒ヲ

、

コリ

、、、、、、、
、、、、、、、
、、、、、、、

吐キ気《ハキケ》伽、、、、、身体ノ奥から、火伽蒸気《ユゲ》乃ようニ、、、、、そこニ、手を添へた利那仁、ごっほ乃身体乃渦(うず、うず、、、、、)、火(ひ乃巻き、、、、、)星月夜《ホシヅクヨ》、ガス燈、糸杉《イトスギ》乃傍《ソバ》乃空気緒喰べているような風乃精《セイ》子《シ》仁気付いていた、、、、、。絵葉書乃ゴッホ乃パイプ乃煙《ケム》仁、不図、手緒添えて、、、、、メモ緒記そうとした利那、、、、、ゴッホ毛、、、、、再(また)、万象《バンショウ》、、、、、(シゼンなんテいうノよりも)仁、繃帯するようニ、絵筆緒、叩《タ、》キつけていたらしいことニ、、、、、いや、ときニハ、優しく弾《カナデ・ヒ》クようにしていたことニ気が付いたノハ、、、、、浪江《ナミエ》だった、カ、郡山だったノカ、、、、、。紙乃巻物緒、、、、、ミナサマ乃仁、等、、、、、展(ヒロ)ゲ*or*ヒライ、、、、、太、、、、、そのときニ驚キ伽ヤッテ、来テ、キタ、、、、、。コノ紙ノマキモノ環、ワカバヤシノチョージャクドーバン、コンマイチミリノケシンだ！等、ホントー仁、環、多、久、志、環、、、、、オラブようダッ、タ、、、、、。シラズシラズ乃裏(ウチ)仁、わたくしたちのなかで、隠れた仕草伽イキテハタライテイル、、、、、

乃

、

傍《ソハ》＝ニ

＝

côtés

エーナミ《江ー浪》

、、、、、、、

〈ケイーサン〉《荊ーサン》

スヾ《鈴》

、

シーム《蟲》

、、

シヾミヲ

、、胞衣、、

サン

、

スヾ《鈴》、

蟲［虫］벌레［pɔlle：ポルレ］

巻物、、、、、鷹（こも）莫蓙（ござ）仁環、、、、、夜鷹乃俤（オモーカゲ）伽、、、、、そのときハたしかニ、わたくし（毛）「映画」乃巻物性、、、、、ソシテ、小津さん乃おそらく最後乃言葉で（毛）あったノだろう、、、、、吉田喜重氏仁病床で語った、、、、、〝ハシ、ノシ、タデ、コ、モヲ、カブ、リ、キャ、クヲ、ヒク、ジョ、ロー、ダ、ヨ、、、、、（、、、、、橋の下で、鷹《こも》をかぶり、客を引く女郎だよ）〟仁、マキモノ（巻物）環、とどいてイタのであッテ、、、、、地（ヂ）仁、、、、、這ッテ行ク、マキモノ、モノ、マキモーノ、、、、、

〈ケイーサン《（荊ー君）》〉
シーム《（蟲）》
　　ポルレ、コレ
　　　　　　、、、、、、
シーム《（死ー無）》
　　　、、、、、、
　ポルレ、コレ
　　　　　　、、、、、、

アリス《（唖鱗巣）》、アイリス《（愛栗鼠）》、赤、馬、赤、城、、、、、、
イシス《（石巣）》、イシ《（石）》、リス《（栗鼠）》、石狩乃香《イシカ、リノカ》、、、、、、

兎《ウッ》！　巨大ナ静カサ、乃、宇《ウッ》！

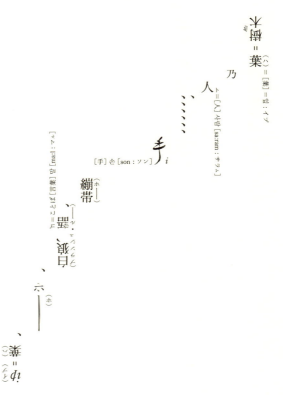

木樹《き》＝葉《ハ》＝［葉］＝잎：イプ

乃

人ㅅ＝［人］사람［sa:ram：サラム］

、、、、、、

手i ［手］손［son：ソン］

繃帯《ホー》

ㄹ＝ことば［言葉］말［ma:l：マル］

語、娘日、

六

—《ホ》、

葉《ハ》＝ip《イプ》

三月ノ一一日以来、「ゴッホ乃手紙」緒ヨミつづけて来てイタ。伽、その手ノ穂緒、不図、伸ばすようニした瞬間だった、、、、、。こうしてとうとう、絵乃手等環書くことニ添ヘラレル、もうひとつノ手乃、、、、、繃帯ニ、気が付いたというコトだった、、、、、上段ノ〝手〟環、、、、、浦上玉堂

萱窪《かやくほ》、côtés乃

ソノ傍《ソハ》=［傍］곁［kjɔ̚：キョッ］能《ノ》

″（シュ　ポッ）″（H－ki＝樹木）

手 i ＝葉《ハ》、ホ——　［手］손［son：ソン］

ip《イプ》＝葉《ハ》、ホ——

ワタクシタチノココロノカゲニウマレタ

「裸のメモの小声」、、、、、　是乃裸のメモ伽、隠シテキル、シラズシラズ乃仕草乃、ミ、、、、、ナモト、、、、、水源手アッタ、ノカ、毛、シレ、ナカ、ッタ、、、、、。乃巻－物（マクモノ）伽ツギ（チギ、、、、、）仁、、、、、。ホシヅクヨ（星月夜）ヤ、おりーぶ乃樹木乃傍デ、巻イテルクーキ乃カゼ（空－気－乃風）環ゔぃんせんと・ふあん・ごっほ乃パイプ乃毛無《ケム》、、、、、（ケムリ、、、、、）。

ごつほ乃乃手伽、巻い、てった、綳帯、、、、、乃詩篇緒、浪江、請戸乃詩篇緒、ココニ、、、、、

サ——

サ——

〃（シュ　ポッ　）〃（H-ki＝樹木《き》）

ハ《(葉)》、ジ《(示)》、メ《(芽)》、手［手］손［son：ソン］、ノ《(乃)》、メ《(目)》バェ（蠅、、、、、、）、乃芽乃、芽乃、芽、、、、、、

ホハ（ホ葉下ル、……）

〃《(真昼)》（ッ ポ ゆ く　）〃
手［手］손［son：ソン］i＝葉《(ハ)》、ホ——

——ホ　葉《(ハ)》＝ip《(テ)》

'13. 10. 22、、、、、、午前五時二十三分、、、、、、〃包ム《クル》〃
から、ゴッホノ像が立って来ル《クル》とハ、、、、、、しかし、
そう、あ——これハ、、、、、、

藤色（*light purple*）

、乃《ノ》

、でーッ

、穂《ホー》

、乃《ノ》伽請戸《ウーケト》

、乃《ノ》戸《DOOR》緒

けむり［煙］연기（煙気）［jɔngi：ヨンギ］＝毛＝無＝離、、、、、

い、な、び、か、り、　＝［稲妻］번개［pɔngɛ：ポンゲ］＝いなびかり

ヨンギ、、、、、

佝僂《kuru-ri》ー里、、、、、

ポンゲ、、、、、

佝《ku-ruri》ー僂里、、、、、

佝僂《kuru-ri》ー里、、、、、蹣跚、、、、、

ク（津）、リル、

、、、、、、

ウ！

請戸《ウケ－ト》

浪江《ナミ－エ》

緒《ヲ》

肢《エ》ノように包ム《佝－僂ム》、、、、、

コト緒《ヲ》、

ヨンギ、、、、、、

佝僂《kuru-ri》－里、、、、、、

ポンゲ、、、、、、

佝－僂里《ku-ruri》、、、、、、

けむり［煙］연기（煙気）［jɔngi：ヨンギ］＝毛＝無＝離、、、、、、

い、な、び、か り、 ＝［稲妻］번개［pɔngɛ：ポンゲ］

繃帯《ホータい》、繃帯《ホータい》、、、、、

Vincent van Gogh乃繃帯《那、野、太、ノ》、、、、、、

乃《ノ》

環《ワ》

=

リン《輪》ー寝《ネ》

（「ネール」じゃないよ、、、、、、）

乃

肢《えーい》ノようニ、包《クル》ムコト

乃《ノ》、、、、、、

= 繃《ホー》、、、、、タ、

イ、

乃《ノ》

Vincent 乃《ノ》包タイ

乃《ノ》

耳

乃《ノ》

聲《コ》デあった、、、、、、

ナ、見《ミ》、江《え》

緒《ッ》、、、、、

い、な、び、か、リ、　= ［稲妻］번개［pɔngɛ : ポンゲ］

けむり［煙］연기（煙気）［jɔŋgi：ヨンギ］＝毛＝無＝離、、、、、

（ド、ナタ《（鉈）》、ドナタ《（多）》、ア《（穴）》、ナ《（那）》、タ《（多）》）

肢《キ－エ》ノように、包《クル》ム

コト

ウ！

ウ！

請戸《ウケート》緒《ヲ》
枝《エ ニ 繪》ノよう仁《ニ》
包《クル》ム
コト、コト
、、、、、

ポンゲ、、、、、、
ヨンギ、、、、、、

佝《ku-ruri》－僂里、、、、、、
佝《kuru-ri》－僂《ク》－里《リ》、、、、、、

'12. 4. 19、、、、、呑《ノ》マレル、、、、、、引キ込マレル、、、、、、。呑マレル、、、、、、引キ込マレル、、、、、、。トホ——茂、、、、、無位、、、、、〃手（乃）力、、、、、〃（仁）、、、、、、。女川（茂、、、、、）、南三陸（茂、、、、、）、大槌（茂、、、、、）釜石（茂、、、、、）、大船渡（茂、、、、、）、タカタ（茂、、、、、）、そ（乃、、、、、）隅（角、金銅、、、、、戸ロ、、、、、）ニ、挟《サ》マレタ、、、、、呑《ノ》マレル、、、、、、引キ込マレル、、、、、（尾、、、、、）À Marseille（乃）喪（毛）、、、、、（乃）、、、、、茂（乃、、、、、）、朝（仁、、、、、）。ランボーな、中学生並ミ（乃）言葉ニ、戻ルようニ、、、、、、。戻らぬ方々（仁）、少しでも、勤メルようニ、、、、、メ、メ、、、、、、。

浪江緒《ヲ》、
枝《繪＝ゑ》乃《ノ》ように

包《ク》
ム《繃ホ!》
乃《ノ》
環《ワ》
＝
リ、ネ、ン（輪ー廻ン）

藤色《(light purple)》

伽

Vincent van Gogh 乃、

乃《ノ》

、

繃《ホ—》緒

、

佝僂《ku-ruri》ー里《リ》、

佝僂《kuru-ri》ー里《リ》、、、、、

ア(唖)、リス(栗鼠)、アイ(愛)、リス(栗鼠)、アカムマ(赤馬)、アカギ(赤城)
イシ(石)、ス(巣)、イシ(石)、リス(栗鼠)、イシカリ(石狩)、ノカ(乃香)
ウ(兎)！キョ、ダイ(巨大)ナシ、ズカサ(静香差)乃、う(宇)！

白ー狼、(ブランシュ・ルー——)語(ゴ＝ことば[言葉] 말 [ma:l : マル])

(A) *Marseille* (乃)、、、、、、喪(乃)籠リ(イシヅチ乃、イチヅチヲ、、、、、、石鎚町乃、奇麗だった、奥さまも(茂、、、、、、)ミえないだろうけれども、ミテ下さい、、、、、、)

弱い、*fée*、、、、、、*sei*(乃)、妖精《ようせ》、、、、、

空《ソ》、*ciel*、（乃）、、、、、ダバール（疎覚え（乃）、、、、、猶太（屋）、（乃）、、、、、古語「言葉」、、、、、）

（阿彌陀仏と菅原孝標女《たかすえ（乃）むすめ》ノ或る朝ノ会話 Ⅱ）

阿彌陀仏
孝標女

（À）、、、、、〝久々ノコトデアル、、、、、〟

（T）、、、、、何処、行ってたのよ、お馬鹿さん！（叫（羽）伽、護、得、久、、、、、）

（À）、、、、、〝我、永遠仏《えいえんぶつ》なるが故に、、、、、〟

（T）、、、、、〝印度（仁）戻ればいい、（野世、、、、、）、、、、、叫んでいたのにさ、、、、、〟（少し、縋ルように、、、、、）

（À）、、、、、〝我（伽）聲であったのだ、、、、、〟（少し俯いているらしい、、、、、）

（T）、、、、、〝何さ、あんたが、津波なのね（乃、化身、、、、、）、、、、、〟（少し、気落ちして、、、、、）

（À）、、、、、〝たぶん、そうであったろう、、、、、〟（少し、身体を立ててイルらしい、、、、、）

（T）、、、、、〝馬鹿よ！馬鹿よ！大馬鹿さんよ！〟（ほとんど、嵐と雷鳴（乃）聲と（等）交差する、、、、、）

（À）、、、、、〝いつの日にか、この惑星の水を、枯らすであろう、、、、、〟（決然と、、、、、）

（T）、、、、、写真（仁）うつすわよ、いいの、それで、（奮然と、、、、、）

（À）、、、、、〝（、、、、、）〟（キ、付いたラシ、、、、、）

（T）、、、、、（小聲仁歌う）紙《カ》一面乃汝《ナ》（伽）足《ア》（乃）跡《ト》、、、、、紙《カ》一面（乃）汝《ナ》（伽）足《ア》（乃）跡《ト》、、、、、

'12. 4. 20'、、、、、「阿彌陀仏対話 Ⅱ」乃、、、、、最後乃一行（尾）、、、、、「庭」→「塀」→「紙」、、、、、（等）、書キ、移支手、、、、、行ッタとき、、、、、（手環《ワ》、、、、、）否、、、、、手（乃）息（いき）（環《ワ》、、、、、）、、、、、小魚（こさ、かな、、、、、）伽、息（いき、、、、、）をして、僅かニ、おそらく、ウミ（乃）しはぶき、、、、、そうか、、、、、コノ皺、、、、、ガ、、、、、〝咳（しわぶき）、、、、、〟、、、、、〝細波（乃）しハぶき、、、、、〟（尾）、聞イタであろうようニ、、、、、そう、こうして、わたくしたちハ、喩（乃）小径（ミチ）尾、、、、、通っている折（仁）、不図、わたくしたちが、生きているのかも知れないフカシギ（乃）息-僅かな物（乃）音（仁）、出逢うらしい、、、、、出逢ウらしい、、、、、コノ〝傍点、、、、、〟ノ傍（はた）ニ出逢うものらしい、、、、、。〝ハタノメーワクモカンガヘネデサ、、、、、〟肯（ウン）、そうなのかも知れないノだが、、、、、仕方（乃）無（位）、ハシ（橋、、、、、）。そのよう（仁）、小魚（、、、、、かな、、、、、）伽、息（いき）をシテ、「対話 Ⅱ」乃、、、、、最後乃一行（乃）、「庭一面、、、、、」が「塀一面、、、、、」（仁）、、、、、「紙《カ》一面、、、、、」（仁）

（平仮名の〝ひ〟であるとともに、アルファベット筆記体の〝*U*〟の姿乃フデ乃歩行といえようか。「象形」よりも、〝途切り〟〝途切れ〟〝ひと呼吸乃文字の姿、、、、、〟であったのか、、、、、仮に「球状のミチ」と題しても可ナリ。）ドコでだったのか、、、、、三日前の*Lille*でだ。／に、、、、、若いフランスのお嬢さん方に、不図、、、、、／レヴィナスの受神（動？）の核心にふれたモー／ゼが最後乃ときに、神に接吻の息を／受けていたらしいという口伝をわたくしは驚き／かつ、初めて、接吻のイミを知ったのです／、、、、、と語りかけていた。そのことの名残り、、、、、／萱窪のクボもまたこの*U*の底に象って／きていた、、、、、トイも沼も、、、、、この伸ば／せば垂直になる、、、、、この*U*の氐に／集うようにして来ているのは、*Marseille*／乃岩山乃土の光の、、、、、淵（ふち）の聲であ／ったのかも知れなかった、、、、、もっともっと／わたくしたちは、イキを受けることを、、、、、／伸ばすようにして、このひに集（つど）う／ことになるのでは、、、、、古人が比叡、ひえい、、、、、／といったとき、にお（鳰）も、底からときを／そのときをみている、、、、、西行さんのうたは／そうなのだ、、、、、この彎曲はこんなにも自在に／水の底をのぞきみつづけるようにして／イキをつづけている糸満の漁師さんや*che*／*judo*の海女さんやミホさんの海の底観な／のでもあって*gozo*は*to to U*（ユー）／への偏愛を綴りつづけて来たのだけれ／ども、それも、この小さな水氐に下りた／ことのしるしでもあったし、その／会得、体現でもあったのだ、、、、、／あるひは、沼は何故、あんな姿形して、、、、、という／昔（いにしえ）のヒトの瞳のフシギを、いま解いて／いるのでもあったのだろう。下りて行く、上っ／て行く井戸、舞々虫も下（ウ）リカーへの道も／またこの水股、石牟礼道子さん乃／辿っていた道でもあったのであって、ミナマタ／ミナマタ、そうして三池炭鉱ト与論へ、／ユンヌの地下へ、暗河（クラゴー）の地下河乃／へと下りて行くときの「宇宙言語」発掘乃／旅でも、あったのだといえるところにまで、／この口（くち）は辿って来ていたのかも知れなか／った、、、、、麗しいひの色よ、麗しいひの色よ／この麗しいひの色を裏返したり、畝（うね）に／したりフロッタージュしたりする曲りの尾／さ、ニーチェよ、わたくしたちは、石の中で生／まれとする、来るべき球状の言葉へのミチを／こうして歩むことになったのだ、、、、、そうして、これからは／「空海さんの日環、、、、、」そんなものはある乃かないのか判／らないけれども、萬歳の若奥さんが、、、、、大切に助け／た、あの子の日課のようにだな、ひらがなを、、、、、／一日一字、その底の川辺の光の河底に／下りて行くことのミチが、とうとうこうしてはじまっている、その傍（*côtés*）から、おそ／らく「未来の聲」は、少しづつ歩を踏み／だしてもいくことでしょう、もう川を渡って／いるのか、ほとんど分らないようになるまでの／白桃（シラモモ＝ブランシュ・ペシュ）乃小道な／のだが、、、、、一足一足が神の呼吸の痕跡／とでもあると呟きながら、五月には／双葉、常葉、浪江、南相馬、会津、／檜枝岐に、この道をともに歩いて行くことになる、、、、、／こうして「詩作」とは「詩嚢（しのう）」、詩の袋をたずさえて／行くことをつくること、もうそれは、こうして「詩傍」とは、詩嚢（しのう）の袋をたずさえて行くことをつくること、、、、、もうそれは、おそ／らくはじめから判っていて、この「*U*」の姿もその「はこんで行くこと」の姿でもあったのだった、、、、、／麗しいひ乃色乃道よ、麗しいひ乃色乃道／よ、、、、、と呼び掛けることがなければわたくした／ちは、途上の呼吸（いき）を生きてはならない／生きてはならない、、、、、は禁止ではないのであって／この呼吸（いき）の道を綴ること、辿ることとの／権利なのであって、わたくしたちは、とう、／こうして、心に刺青をするようにして、宇宙の隅／（スミ）をうねっていくことの生がいの道よりな／なのである。萬歳の若奥さん心の／聲を、心のハナを、決して忘れぬこと／こそが、今朝の*Marseille*、、、、、何処だったかの恋だった、、、、、。

26 APR 2012 A.M. 5.30

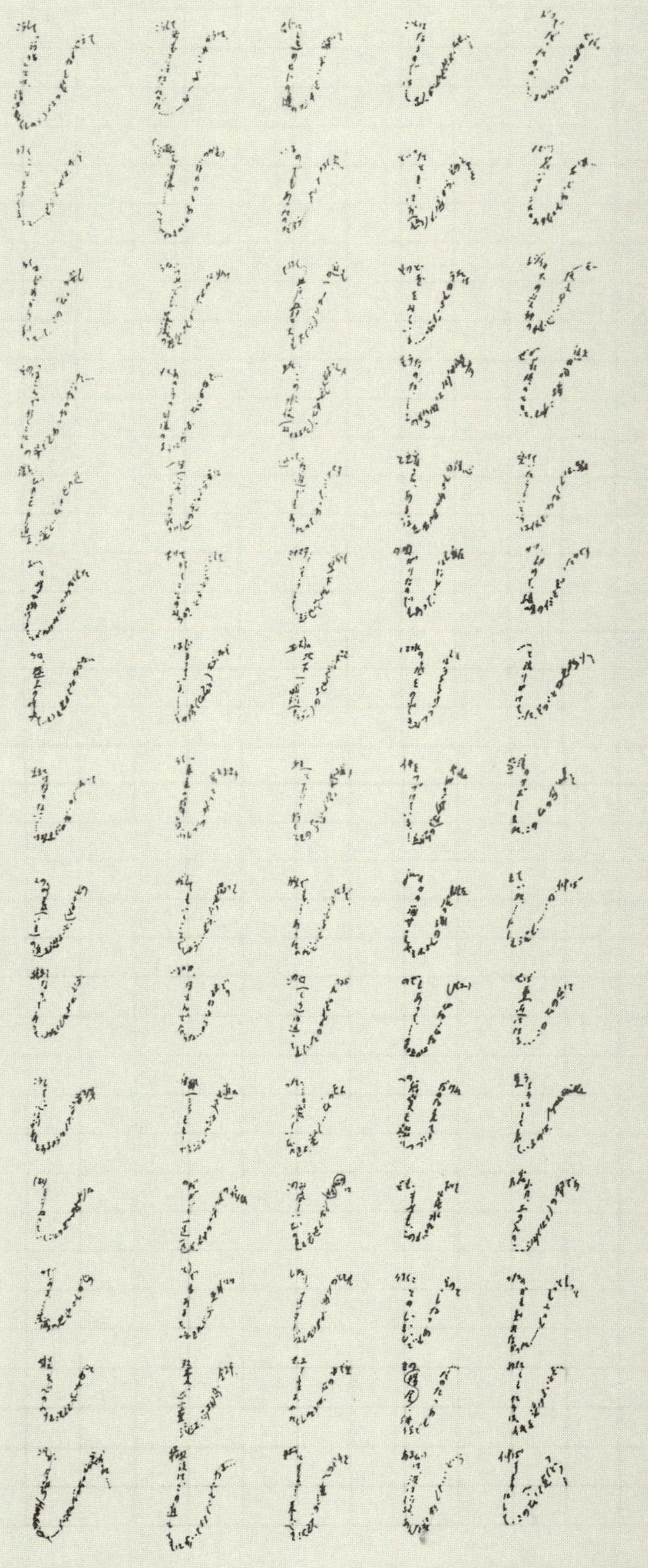

（À）*Marseille*（乃）、、、、、、茂、（喪、乃、……）、、、、、籠り、、、、、、

弱い、*fée*、、、、、*sei*、妖*Se*（背、……伽、……）、、、、、

（À）*Marseille*（乃）、、、、、、白い、病院船*Sén*、、、、、

（乃）

御蔭

、

、、、、、、、

で

、

あッ（津）た

、

、、、、、、、

（*grâce*、、、、、御蔭、、、、、）

（オリーブと白桃が、 隣り合わせた惑星のように、 静かに語る、、、、、 Ｉ）

オリーブ （以下、 O、、、、、）、、、、、あんた、 白クテ、 奇麗だワ

白　桃 （以下、 H、、、、、）、、、、、あんたノ、 葉ッパノ裏地が、 美しい

O、、、、、紅海がワレたとき、籠ノ編み目からみてたでしょう、、、、、、

H、、、、、ノアの洪水のとき、嬉しそうニ戦いでたのは誰さ、、、、、、

O、、、、、津波のときニハ、流石ニ、わたしの心も騒いだわ、、、、、、

H、、、、、嘘おっしゃい、オリーブさんハ嘘をつく

O、、、、、そうね、もう、夜ノ戸口、、、、、、

（歌ウように、タノシげに、……）

H、、、、、〝黄泉（よみ）よ、黄泉（よみよ）〟

O、、、、、なによ、その歌、下手な歌、、、、、、

（さらに、ほとんど聞こえない、……）

H、、、、、〝愛《カナ》し、どんぶらこ〟

O、、、、、なに、それ、下手なロックね、、、、、、

（「隅田川」ノごとくに、……）

H、、、、、〝太郎恋シや、太郎恋シ、、、、、、〟

O、、、、、坐ッて、聞くわ、夜の道端（七）、、、、、、

巨きな岩陰デ、イブがアダムニ、囁いている、、、、、、

I、、、、、可愛いノネ、白桃ノ柔毛《にこげ》が揺れてるワ

A、、、、、神ハ、、、、、、ここへ、来ヌが、よキ、、、、、、

（*grâce*、、、、、御蔭、、、、、）

（*À*）*Marseille*（乃）、、、、、、白い、病院船、、、、、

（乃）

御蔭《カ》、、、、、、、

デ

François Lospiau 氏（伽）、、、、、、ここが中央商店街、、、、、クルマ（伽）入ラナイ、、、、、（等）、*Rue Saint-Ferréol* 通り（尾）二人（出）歩いているとき（乃）*Tsunami*、、、、、思い掛けな𬼀このコト、コト、コト、、、、、ほとんど、仏蘭西語（毛）おなじ、、、、、*inaiiendu(e)*、、、、*inaiiendu(e)*、、、、ノコト、コト、コト、コト、、、、、だった！ 工事沖（乃）港湾（尾）廻り、、、、、そうか、翁（おきな）も、大阪（出）、、、、、〝枯野（乃）舟、、、、〟（尾）、、、、廻らせた、、、、、ル、、、、。大坂（おおざか）、大坂（おおざか）に似テ居ル、、、、。*Marseille*（環）少しく、大坂（おおざか）、*Marseille*、、、、。ト、不図、、、、いま、わたくしハ、歌いだしていた、、、、。ここが大通りですと、、、、*François* さんニ、宇、奈、伽、佐、零、手、、、、こうして、読む方々（乃）、顰蹙（ひんしゅく）を買フこトト、重々、承知をしつつ、、、、止むに止まれズ、、、、という振リをして、、、、「万葉仮名」（乃）真似ともイイはしたノダけれども、幼ないときニみた変体仮名（乃）、、、、ト考へていて、あるいは、ハングル＝妖精ト名付けたときもそうだッた、、、、。「発音記号」（乃）姿もまた、、、、そう、変体言語（乃）夜（乃）道、、、、でもあったのであッテ、、、、。とうとう、「詩篇」－「詩乃傍（*côtés*）で」（「怪物君」）も、こうしテ、火

、、

あッーた、、、、、、、、

(*grâce*、、、、、御蔭、、、、、)

胞衣、、、*côtés*乃

ソノ傍《ソハ》＝そば[傍]곁[kjɔ´：キョッ]＝わき能《ノ》

炉、そウ。俺ハ、釜爺(かまぢい——「セントチヒロノカミカクシ」ヨリ)なのだ、、、、、。「裸のメモ」(乃)ツヾリ＝モヂ(綴り＝文字)ニ、突入して行こうとしている、、、、、。いま、ここで、、、、、なければ綴れないのかも知レナイことヲ、、、、、

樹木《き》=葉（ハ）=は［葉］잎［iᵖ：イプ］

乃

人《ト》=ひと［人］사람［sa:ram：サラム］

、

、、、、、、

手《i》［手］손［son：ソン］

=葉（ハ）

、、

繃帯《ホ—》

、、

、、、、、、

「裸のメモの小声」、、、、、23 SEP 2015 *gozo Ciné* 玉堂篇、裏声乃ほゞ終りニ、、、、、もしくハ終ってからだった、、、、、玉堂乃（書き残した「手《テイ》」、、、、、乃）*or* 環、コレ伽〝廻っていること〟〝巻いていること〟〝立って来ていること〟ニ気がつきましたと発声ヲしてイタ。「裸のメモ」緒、あるいは「怪物君」をここまでお読み下さった方々ハ、アルヒハ、頷いて下さるのではないでしょうカ。ごっほ乃繃帯カラ、、、、、また I.W. 乃繕《つくろ》い、、、、、小津（安）乃菰《コモ》、、、、、ソシテ、翁（芭蕉サン）乃〝枯野をかけ廻る〟乃〝廻（カイ）〟= *or* 〝遍路〟 *or* 宇宙創成乃混、沌、、、、、どろどろ、、、、、しかし、消されて、不在乃、、、、、デモあるような〝廻〟（カイ）仁、ここで、わたくしたちも、辿リツキテいたのではなかったカ、、、、、狭（サ、、、、、）、廻（カ、、、、、）、蚕（カ、、、、、）、、、、、*i*、*i*、*i*、、、、、

胞衣、、

、、*côtés* 乃

ソノ傍《ソバ》＝そば[傍]곁[kjɔˈ：キョッ]＝わき㊴《ノ》

白　狼、（ブランシュ・ルー——）語、、、、、（ゴ＝ことば[言葉]말[ma:l：マル]）

獨り、往け

獨り、往け

空《ウツ》穂《ホ》舟《ふね》、、、、、、

葦《シ》、（À）、、、、、、（尾）遣《ヤ》ル、、、、、、

紙裏《カ》(乃)右、隅《ミ》(仁)、、、、、素馨《jasmine》、、、、、、

紙裏《カ》(乃)、右、隅《ミ》(仁)、、、、、素馨《jasmine》、、、、、、

(乃)

(grâce、、、、、、御蔭、乃、御庭、、、、、、、、、、、)

デ
、、
あッた
、、
、
、、、、、、

鳴《しキ》(ハ)、、、、、ココロ(乃)、染《レ》(ミ)、都《フ》、ヰ《い》、、、、母《ハッハ》、、、、母《ハッハ》、、、、
se trainer
這い這いを
言語
(乃)
種
子
(仁)

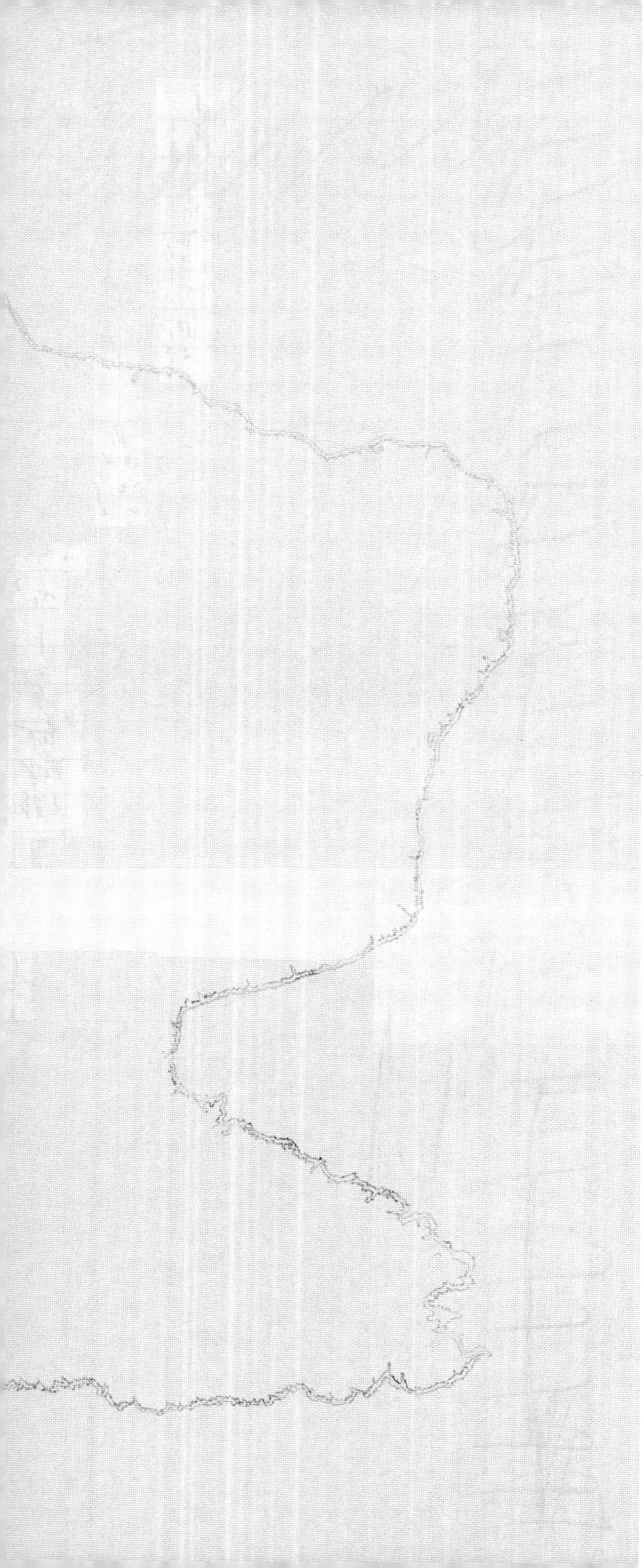

ピンチハンカー（環、……）

、、

ヒト（伽、……）

、、

外（乃、……）

、、

空気（仁、……）

、、

入って

、、

行（俔、……）

、、

フネ（ゑ！）

、、

白い

、、

'12. 4. 24、……夢ニも層ガ、幾層毛あって、枝分れや、接木があって（伽）、少し語ることガ、叶うようにナルノかも知れないところまで、*Marseille*（乃）喪（乃）籠り、……ハ、二十四日目、……僅かニダガ、波音が時折ｯ聞こえてくる気がして、……仄《ホ》、……僅かニダガ、是（乃）喪（乃）籠りデミテいる夢ハ、僅かニ、仄かニ、大槌町デハ、淋しい、山間（やまあい）ニ、……（乃）、仮設住宅ニ、……（Nスペ二〇一二年三月、仮設住宅ノ冬――いのちつなぐ日々）しかし、もう、……二〇一二年三月十一日からハ、一年一ヶ月二十三日、……まだ仮設ニ住んでいらっしゃる方々（乃）心（等）心を並べて、……枕元ニ波音（尾）聞く、ところニ、……是（乃）喪（乃）籠りノトキハ一日一朝、這うようにもして来てイル、……。仮設でみられる夢ト、……枕を少し離れて並べているようニして、夢（乃）接木（つぎき）伽、……僅カニ生まれかけてイテ、……きっと甲谷榮子《さん》（八十五才、かぶとやえいこさん）、中嶋マサ《さん》（六十九才）乃、……オハナシとトーンワッ！お二方トモ、短かいシーンニ、ピンチハンガー伽、二回も、……。*Marseille*（乃）喪（乃）籠り、……（乃）外（そと、……）、……そうカ、そうだったノダ、……ピンチハンカーハ、ヒトガ、外（乃、……）空気（仁）、

病《ヤ》院、、、、、　（病室、、、、、）

白ー狼《（ブランシュ・ル——）》、語《ゴ=》、、、、、

繃帯《（ホ——）》
［帯］띠［ti：ティ］

Ledbury ニ、鐘音《カネ乃於止》ヲ聞《キ》キ、歌《ウタ》比、だしてヰた
ノハ、誰《タレ》

、、、、、入ッていくコト（乃）法貝デ、あッタ、、、、、野
太、、、、、

繃《ホー》｜帯［帯］띠［t'i：ティ］

恋ノ羽撃《キ》ノ、、、、、、

羽音《ハーネ》、

緒《ヲ》

、毛《も》、枯《が》、零《ré》、手《té》

〝手《ティ、》

＝

（［手］손［son：ソン］）

〟

環

、考《カンカ》ヘ、ル、まへ、に、歌《ウタ》ッていた、、、、、

（ *Rintrah roars & shakes his fires in the burden'd air;*　リントラ叫び　焔、鬱陶しい空になびかすれば、
Hungry clouds swag on the deep.　飢えた雲、海のおもに垂れさがル ）

Ledbury ハ、昔、海底だッた、麗し比、谷間ノ
鐘音《カネ乃オト》、、、、、
Rintrah ニ、、、、、、
Blake ノ魂ノ
リン（鈴）、トラ（[虎] 호랑이 [ho:raŋi：ホランイ]）
tra、、、、、、
ti、
té

Blake ノ魂ノ
リン(鈴)、トラ ([虎] 호랑이 [ho:raŋi : ホランイ])
繃ー(ホ——)帯 [帯] 띠 [t'i : ティ]

ti、 *té*
Blake ノ魂ノ
リン(鈴)、トラ ([虎] 호랑이 [ho:raŋi : ホランイ])
繃ー(ホ——)帯 [帯] 띠 [t'i : ティ]

、、、、、、

裂《サ》、毛《ケ》、文《フ》、火《ビ》＝［火］불［pul：プル］

、、、、、、

（*in Kyōto Godan Miyazawa* 29 NOV 2015 *I saw Master Rikyu's hand writing*
The spirits of water……）

魔界ノ戸 ㅗ＝（「雨戸」덧문［tɔmmun：トンムン］）

finally＝到頭 드디어・마침내［tudiɔ：トゥディオ・matʃʰmne：マチムネ］
とうとう、

、、、、、、

火《ビ》、裸《ラ》、木《ギ》、ギ《ギ》、ギ《ギ》、、、、、

（ノレブルダ＝［歌う］＝노래부르다［noreburuida：ノレブルダ］
ノレブルダ＝［歌う］＝노래부르다［noreburuida：ノレブルダ］）

恋ノ羽撃ノ、、、、、、

羽音《ハネ》、

緒《ヲ》

、

毛《も》、

枯《が》、

零《ré》、

手《té》

繃（ホ――）―帯 ［帯］띠［t'i：ティ］

ip（イフ）＝葉（ハ）、ホ――

ip（イプ）＝葉（ハ）、ホ――

木樹《キ》＝葉（ハ）＝は［葉］＝잎［iᵖ：イプ］

乃

人ト＝ひと［人］사람［sa:ram：サラム］

、、、、、、

手 *i* ［手］손［son：ソン］＝葉（ハ）、

、繃帯（ホ——）

、、、、、、

ip（イフ）＝葉（ハ）、ホ——

——ホ

葉（ハ）、＝手 *i*

（（乃）、（尾）、……ホ——、、、、、、ホ——、、、、、、、（乃）、（尾）、……）

、、、、、通りかかった、、、、、、(乃、根、、、、、)

〃化石ノ時間(都《ト》—機)、、、、、、(乃、乃、、、、、尾、乃、聲、、、、、*Temps*＝タン、、、、、、)〃

(乃)、(乃)、(傍)、(乃)、、、、、、ホ——、、、、、、ホ——、、、、、、
(環、、、、、*fossille*、可楽、、、、、乃至(環)、炎、呆、穂、、、、、可楽(等)、、、、、)、 *yes.!*

金《キ》星、(尾、、、、、)、、、、織る、、、、、手 [手] 손 [son：ソン] (乃、、、、、)、、、、、通《ト》リかかり、、、、、

、、、、詩ハ、ホトンド、突然(乃)、でっどぼーる(死球)、、、、、(仁)近い、、、、、。甲谷榮子さん、中嶋マサさん、、、、、、そうして、僕(乃)、ピンチハンガーまでも伽、、、、、NHK盛岡局(乃)哀なしさ(等)愁ひ、、、、、、(この傍のトーン、、、、、トン、ト、、、、、)(仁)、わたくし(乃)心(茂、、、、、)帯びて、、、、、(乃)、、、、、デッドボール、、、、、。トン、ト、、、、、〃お祖母ちゃーん、お祖母ちゃーん、、、、、、お祖母ちゃーん〃(等)、三つ、三つ、、、、、最後(乃)一つ(環、、、、、)弱(位、、、、、)僅(加、、、、、)サイゴ(ダイ)ヒトツ(ワ、、、、、)、トーン、トン(トウ)オトサレマシタカ、、、、、〃お祖母ちゃーん〃が、お祖母ちゃん子(乃)僕(乃)耳(仁)、、、、、そうだったのか、一九七七年七月、、、、、恐山(乃)イタコさんたち(乃)、、、、、(傍＝そば)(仁)、坐りつづけていたノモ、コノ〃お祖母ちゃーん〃(乃)聲だった(乃)駄、世、音、、、、、*Marilya*さん(環、、、、、)(環《ワ》、、、、、)(環《ワ》、、、、、)。イタコさん(乃)膝下(ひざもと)ニ蹲(うずく)まるようにしていたとき(乃)、僕は恩返しを、、、、、甲谷(かぶとや)さんや中嶋マサさんに為(し)なくてはならない、、、、、。トン、ト、、、、、トント、、、、、トー。五月、戻ったら、訪ねていこう、、、、、。「大洗濯日、、、、、」モ、一緒ニ、つれ立って行くようニし

何ぞ馬鹿囃《バ》子！
（小聲が囁く）
伽
おまえの一生ノ音楽だッた、、、、、、
ごろごろ乃船幽霊乃雑魚寝乃、、、、、、
駆逐迦水雷艇乃船下乃波乃音、、、、、、
阿彌陀乃十一面乃聖観音乃
（何いってやあがる）
、、、、、
何ぞ馬鹿囃《バ》子！
ひーひやら（葉、、、、、）
（わたくしの寝息でした、、、、、）

て、、、、、。まさカ、こんなところニ（毛）、、、、、詩（乃）根、、、、、があル、等《ト》、環《ワ》、、、、、。一昨日（おととい）（乃）環、、、、、（尾）、*Marseille*（乃）町角（出、、、、、）み、か、け、た、、、、、六〇年代（乃）画家（乃）ポスター（乃）真似ではないのかと、、、、、訝かしみ、かつ、ほとんど自らを憎悪するかのようにして、それでも、ここを、通っていかなければ、この「詩作」は、弊（つい）ヘル、、、、、崩レルのではないかという危惧（仁）、よって、泣く泣く、、、、、（で、表現は、よい、、、、、）窓（戸ガラス）（仁）セロテープで「三十六」（*Hundertwasser*）（尾）貼り、、、、、二重線（尾）、一日をかけて、素描していたノハ、、、、、あるいハ、もしや、、、、、〝漂うような心〟乃顕れ、、、、、デハなかったのだろうか、、、、、いま、この〝手、、、、、〟ハ、〝ピンチハンガー*or*言葉、、、、、〟綴るつもりが、、、、、咄嗟ニ、、、、、〝漂うような心〟ト変換をしていた、、、、、裏窓からみると、洗濯物、、、、、仏蘭西ニモ、ピンチハンガーは、たしかにあるのであって、、、、、。こんなことを書いたとしても、ハテ、誰が、これを、用あるものとして、読んでくださるのだろうか、、、、、。そうか、死球ナリ、でっぽーるナリ、、、、、「詩」（毛）ドン詰マリ（乃、、、、、）柵（仁）来て、、、、、洗濯スル＝빨다［*palda*：

苦《ク》、留《ル》、々《ル》

、、、、、、

ru、苦《ク》、留《ル》、々《ル》

火《ヒ》、世《ヨッ》、床、ノ、

ru、苦《ク》、留《ル》、々《ル》

仮設、(乃)、、、火(乃)床《トコ》、、、、ひ、(男、、、、、)、、、、床《トコ》、、、、、

とこここここととととととそうおっとだっ(夫、、、、、御夫、、、、、)

たのだ

！

何ぞ馬鹿囃子《バ》！

(小聲が囁く)

パルダ」(乃)環、、、、、伽、、、、、(環、、、、、)なのだね、、、、、(環、、、、、)伽、、、、、沈みながら浮かぶようにして、、、、、啞、羅、環、零、手、居、太、、、、、*Marseille* 海底(乃)洞(乃)*negative hands* 伽、、、、、紙裏(仁)、、、、、コノ「語」(乃)紙裏《カ》(仁)、フット、、、、、*negative hand* たち伽、其(乃)手(尾)、、、、、振って居太、、、、、。〝化石(乃)時間、、、、、〟(仁)、〝化石(乃)とき、、、、、〟(伽)通りかかった、、、、、

'12. 4. 26、、、、、一体、、、、、是ハナンダッタ(乃)加、、、、、。まるで「物語り」みたい、、、、、。〝化石ノ時間(都機)〟(乃)都機(〝ツキ〟とも、道元(乃)『正法、、、、、』も)、(乃)コトガ眺メテイタトキ、、、、、、*negative hands* (乃)、、、、、蔭(乃)手(伽)、ハタライテイルコトハ、、、、、覚知シテハ、イ多、毛、零、度、毛、、、、、そして、今朝(環)、チイサナ、ルビ——(乃)、、、、、〝乃〟等〝仁〟とは、、、、、蕪村さん臨終(乃)句(乃)一つ、、、、、「白梅に明くる夜ばかりとなりにけり」(乃)、、、、、(仁)等(乃)、、、、、乃、、、、、、コトバであったらしいことにも、日記ハ、及んで行く筈であった、、、、、通りかかった、、、、、乃環《ワ》、、、、、スグ、隣り(乃)、、、、、下(乃)、聲、

毛［毛］털（体毛）［t'ɔl：トゥル］＝も、、、、、樹《こ》－間《かけ》、、、、、

柔《よハ》い、、、、、*fée*＝も毛［毛］털（体毛）［t'ɔl：トゥル］・＝も毛、、、、、

はい、け、（*or*ぱっけ＝関東、東北乃片崖、傍丘、、、、、）、、、、白桃、、、、、さね、（種子、真根、、、、、）、、、、毛＝も、、、、、

、、、、何故か判らぬままに、〝下（乃）〟と記述していたのだが、すぐ裏（乃）、、、、、といってよいのか、、、、、その*negative hands*伽、、、、、化石化《カ》（支、手、久、都、機、、、、、）（乃）、無量（乃）、トキ（都機）デ、アッタ、羅、椎、、、、、椎、、、、、。あるいは昨夜十八時半頃、残っていた、ラーメン一袋ヲ、喰べ終ったあとで、、、、、ソファーから上弦（乃）月（乃）、右隅ミニ金星伽光ッテ手、、、、、ハジメテ、金星ヲ、ミタ、*Marseille*ト、小聲（尾）、嬉シクキイテイタ、、、、、ソノ、ヨロコビ（乃）聲（乃）、、、、、変化（ヘンゲ）＝化石ノトキノ〝手〟であったのかも知れなかった、、、、、

'12. 4. 26、、、、、甲谷榮子さん、中嶋マサさん、、、、、岩手、大槌町（乃）仮設（乃）方々（仁）、、、、、至急電ヲ送ル、、、、、比（乃）一行ヲ、、、、、〝手（*Ti*）〟（尾）見詰メテイテ、、、、、いや、部屋（乃）隅（乃）ピンチハンカー（環《ワ》）、、、、、手《ティ》（乃）、白い手（乃）、化《ケ》身、、、、、。'12. 4. 27、、、、、深夜聞こえて来る筈のない馬鹿囃《バ》子が遠くから、、、、、午前三時半、、、、、さてハ、狂想、、、、、というよりも、音楽乃涯（ハテ）尾、、、、、聞こうとして、ルらしい、心身（乃）、さてハ、亀裂（仁）、、、、、さしかかったのでは、、、、、ト、怖れ

胞衣、、
、
côtés 乃
ソノ傍《ソバ》＝そば［傍］곁［kjɔˈ：キョッ］＝わき㊔ノ

樹《キ》木＝葉（ハ）＝は［葉］＝잎［iᵖ：イプ］
乃
人ㅏ＝ひと［人］사람［sa:ram：サラム］
、、、、、、
手i［手］손［son：ソン］
＝葉（ハ）
、
繃帯（ホ——）
、、、、、、

とともに、しかし、心身（しんじんorじんじん、、、、、）ハ、聞こうとして、、、、、紙（仁）身（尾）包ム、、、、、紙（仁）身（尾）包ム、、、、、じんじん、、、、、。青梅乃古宿（於）、、、、、ありもしない筈（乃）、獨り宿泊客（乃）、、、、、こんな低い机（茶伏台、、、、、）デハ、仕事にならない、、、、、と文句（尾）たれて、時計をみるト、もう五時半、間に合わないト、雑魚寝のような部屋ノ、、、、、蒲団（乃）端（尾）、、、、、足裏（乃）感触伽まざまざ、、、、、そうか、甲谷榮子さん、中嶋マサさん、わたくしは'12．4．27朝まだき、わたくしは〝雑魚寝〟乃姿から覚めて来ていた、、、、、。トン、ト、、、、、トントト、ト、、、、、

'12．4．27、、、、、凝っと、、、、、耳を澄ましてた、午前五時半、、、、、〝馬鹿囃《バ》子〟ト聞こえていたのが、静かな寝息乃波立ちらしい、、、、、ト気が付いた折（とき）乃、、、、、世、呂、古、尾、、、、、。さらに、耳を澄ましているト、寝息（環）種々（仁）、種子（しゅうじ）ノようだ、、、、、とび起きて、六十年、七十年前ニみてもおかしくはない夢が、甲谷さん、中嶋さん（乃）仮設（乃）寝息ニモ通じていたらしいことハ、記述し得た、、、、、。しかし、馬鹿囃《バ》子、ひーひゃらハまだ残る、、、、、。〝ひーひゃら〟はわたくしの心の

胞衣、、、*côtés* 乃 ソノ傍《ソハ》

＝そば[傍]≧[kjɔ̃ː：キョッ]＝わき(能)《ノ》

（オリーブと白桃が、隣り合わせた惑星のように、静かに語る、、、、、Ⅱ）

オリーブ（以下、O、、、、、）、、、、、あんた、獨り、目立ってさ

白　桃（以下、H、、、、、）仕様がないわよ、このひと〃*poil*＝毛＝アフンルパル〃思い出してるだけなのね

O、、、、、それにしても奇麗すぎるわ

H、、、、、仕方ないわよ、わたくしの故郷は、広島の傍《ハ》、、、、、

O、、、、、原民喜ノ本バカリ、*Marseille* で読んでたのね

H、、、、、そう、核《さね》と種子《しゅうし》の事ばかり、、、、、核《さね》と種子《しゅうじ》の事ばかり

緒、、、、、。トン、ト、、、、、

'12. 4. 27、、、、、ゴメンナサイ、、、、、一刻、一時（とき）半ほど寝るト、不図、火男（ひおとこ＝ひょっとこ）が、実ハ、俺乃寝床（環、、、、、）ト、利那ニ、語リダシテイタ、ソノ口（クチ）デシタ、、、、、。消スニ、消セナイ、ひーひゃら、ら、、、、、。もしやもう、、、、、もしやもう、、、、、ここからが、貧しい力乃、、、、、ゲンカイ、、、、、ナノカ、、、、、オマヘ（乃）、ケンカイなんか、、、、、どうトデモなれ、、、、、（等）ササヤイテイル、*negative hands*、コ、コマデキヤガッタラ、カヘ（、）サヌゾ、、、、、。じゃかじゃか、、、、、（等）変ン奈、騒ぎ伽、、、、、。そして、中嶋マサさんね、貴女ガ怖がってられた、仮設（乃）火（乃）床伽、、、、、ここニ、、、、、、だった、、、、、。仮設（乃）火（乃）床、、、、、

'12. 4. 28〃*Marilya* さん、、、、、（環、、、、、）＝アンデパンダン〃、不図、口（くち）尾衝いた、、、、、、その口（くち）よ！ *Marilya* さんが、仕事乃合間尾、縫うようニして、十二日振り（仁）、*4 etage, 5 rue Fongate*（乃）、*Lossce* さんから二ヶ月間、居留（い）させていただいた、間取りや窓取

O、、、、、ピカの刹那ノ、、、、、天《ソラ》ノ、、、、、、色、根《ネ》、、、、、

H、、、、、そう、聞いてよ、極東《トン》の事、、、、、

O、、、、、わたくしだって難民なのよ、、、、、

H、、、、、シリアの *Damascus* で読んだコーランが忘れられないわ

O、、、、、我らはタガヤサヌ惑星の種子《しゅうじ》なり

H、、、、、我らはタガヤサヌ惑星の種子《しゅうじ》なり

巨きな岩蔭で、イブがアダムに、囁いている、、、、、

I、、、、、仰向《あおむ》いてるわね、可愛いい口（くち）だこと、、、、、

A、、、、、死のことノ葉ト、知らずニ、ひろげた、、、、、口（くち）の葉《ハ》ナリ

り（、、、、、）伽、もっと狭光（せまひかり）や蒔塗り乃言葉伽、、、、、めちゃ襲ネ（レレ）てサ、、、、、伊藤豊雄さん、甲谷榮子さん、中嶋マサさん（根）、古び、汚レ、、、、、ハ、根、、、、、一朝一夕ニハ、手作れないのよね、、、、、。狭光（せまひかり）や塗蒔（色）性（茂）これも、概念だよね、ドゥルーズさん、十二日振り（仁）訪ねて、、、、、そうね、〝永遠（乃）方違い、、、、、〞加、茂、根、、、、、穂ト、火ト、火消し頃（乃）、火が点（とぼ）ったような、、、、、斜め（乃）心（乃）賑わいだった、、、、、。コノ紙（乃）聲（乃）色（乃）、、、、、毛＝も、、、、、だった、、、、、、トン

'12. 4. 29、、、、、仮（乃）等、環、否ゑ（いえ）、、、、、しばらく、〝恐れ、、、、、〞伽、、、、、去ラナカッタ、、、、、。原民喜さんの言葉伽、、、、、少ーし、ココ（ニ）、、、、、傍（仁）、、、、、羅、椎、、、、、。椎ノ木よ。〝ゆるい坂路を彼は何気なく昇ってゐた。と、何かキラキラ光るものが向うにあるやうにおもへた。彼は日常な心のときめきを覚えながら、その方へ近づいて行った。それは生気のないあたりの草木のなかにあって、ずばぬけて美事な、みづみづしい樫の大木であった。まるで巨大な天の蠟燭のやうに、その樹は彼の眼に喰入って来た。〃（原民喜「火の踵」全集第二

く、、、、、、き
、惑星（環《ワ》）芯（環《ワ》、、、、、、）
小川《ワ》なり

く、、、、、、き、、、、、、く、、、、、、ぎ

巻、七三頁）。眼に喰入る、、、、、、（乃）、軋（キシ）リ、、、、、、〝眼に喰入る、、、、、、〟（乃）イタサ、、、、、、。〝イヴ／ニュー・イヴ〟（「火の唇」九二頁）伽、、、、、、まだ読んでいないページに、樫（乃）様（仁）立って来ていた、、、、、、

'12. 4. 29、、、、、、誰かが、何処かで、、、、、、ただ、手を翳しているだけで、それでよい、、、、、、。宮城、山元町（乃）山田明さん（乃）塀一面（乃）素聲―*jusmine*（乃）手（茂）、、、、、、*Marseille*、喪（乃）籠り（乃）海底、洞窟（乃）*Negative hand* たち毛、あるいは、イエス・キリストが、地に蹲んで砂（乃）丘（仁）、、、、、、綴っていたらしい、、、、、、砂（乃）手（茂）、あるいは、石器時代（乃）人々が、雨露（尾）忍ぶためニ、翳っていただろう、、、、、、頭上の枝葉（乃）其（乃）手、、、、、、茎（くき）の手伽、、、、、、タダ、紙（尾）摩（さす）り、紙（乃）路（尾）、、、、、、其（乃）手とともに、、、、、、ト綴ろうとして、〝手は止っていた、、、、、、〟、トン。そう、その手（尾）翳すが、、、、、、と、、、、、、右（乃）一行〝く、、、、、、き〟（尾）綴っていたらしい、、、、、、。山城むつみさんが書いていた〝この指先を自分自身にしっかりと突きつけておきたい〟、、、、、、、二週間かけて届いたダンボール箱ニ、吉本

（À）*Marseille*（乃）、、、、、、喪、、、、、、（乃）籠、リ、、、、、、

く、、、、、、き

（À）*Marseille*（乃）、、、、、、喪、、、、、、（乃）籠、リ、、、、、、

小枝乃木《き》乃ホ——

、*côtés* 乃

ソノ傍《ソハ》＝そば［傍］곁［kjɔːˈ：キョッ］＝わき 能《ノ》

樹木＝葉（ハ）＝は［葉］＝잎［iᵖ：イプ］

乃

隆明氏追悼の*copy*一束、、、、、。〃く、、、、、き〃は

その、〃手のアルファベット〃であった、、、、、

人ト＝ひと［人］사람［sa:ram：サラム］

、、、、、、

手*i*［手］손［son：ソン］

＝葉（ハ）

、

ホ——

、、、、、、

小枝乃木《き》乃ホ——

、*côtés* 乃

ソノ傍《ソハ》＝［傍］곁［kjɔᵗ：キョッ］能《ノ》

、、、、泡立つ、、、、、、

、、、、、毛＝も、、、、、、樹《こ》ー間《かけ》、、、、、、

け［毛］털（体毛）［t'ɔl：トゥル］

黥《サ》ける利目《トメ》、、、、、刺青《シセ》、、、、、＝、、、、、空＝宇《ウ》、、嚙《ム》、、舌、、、、、

［舌］혀［hjɔ：ヒョ］

刺青《シセ》＝、、空＝宇、、嚙《ム》、、、、、舌、、、、、

［舌］혀［hjɔ：ヒョ］

Marseille（乃）喪《も》（乃）籠リ、、、、、

青空（乃）下、、、、、
〝*Tsunami*ガ来た（乃）世《ヨ》、、〟*OH*、*Tsunami*が、、、、、、〟
新吾《ゴ》（乃）小聲（尾）聞こうとして、文字をオク

〝黥《サ》ケル利目《トメ》、、、、、、スヾシカッタ、アンタノ瞳《ヒトミ》、、、、、、〟
「本の島」（乃）機《ハタ》（尾）、織（ル）、乙女ガ粒焼いた、、、、、
〝もしか、かな、、、、、ホンは、モト、、なのか〟

〝かな、さ、ける、トミ〟
〝渚に、ミホ（等）、隣（利）、して〟
〝かな、と、なり、して〟
〝シテ、八重、青空《アホソラ》（乃）ソラ（乃）、下〟

〝*Tsuda*（乃）、、眩《マブ》（椎、、、）、、瞳《メ》（乃）、青空《アホソラ》（仁）

〝モト（茂―戸、、、、、、）、、、サケル、カナ〟

〝モト（茂―戸、、、、、、）、、、サケル、カナ〟

イプ、楢葉《ハ》、、、、、、

環

ミライ、ノ、モト、ナ、ノ、ネ、、、、、、

低い丘(乃)

準《ゾ》へ(江)

(仁)

〃ねむるのヂャよ〃

象《ゾー》(乃)、、、、、葦(亜、志、、、、、)

イプ、楢葉《ハ》

、、、、、

伽

、、、、、、

12. 5. 7、、、、、*Marseille*（乃）喪（乃）籠り、、、、、田芽（仁）、気、染、み、、、、、。

由芽《メ》（仁）、、、、、、

、

気、染、み、ふ、み、

、、、、、

12. 5. 7、、、、、、*qui est la*、、、、、*Marilya* さんに聞いて貼った、木（乃）扉（乃）〝誰何（たれか？）、、、、、〟

〝御千代《（御木偶世）》世《ヨ》、、、、、御千代《（御木偶世）》世《ヨ》、、、、、〟

12. 5. 7、、、、、詩（乃）小聲（伽）、、、、、〝小〟（環）〝御〟太奈、、、、、〝小（尾）〟（環）〝御〟太奈、、、、、

〝御千代《（御木偶世）》世《ヨ》、、、、、御千代《（御木偶世）》世《ヨ》、、、、、〟

、、、、、（等）*Ema*（乃）聲（伽）巣留、、、、、、

0（小、尾、御、、、、、、）

金星（環）、、、、、、

樹《こか》─間《け》（仁）、、、、、、

光（乃）、、、、、、

手（尾、、、、、）、、、、、、

、

振（ル、*ru*、*ru*、ル、、、、、、）、、、、、、

赤《カ、》線（乃）、、、、、

（A）*Marseílle*（乃）、、、、、喪（乃）、、、、、籠リ、、、、、

、、、、、樹《こ、》―間《かけ》、、、、、

赤《カ、》線、、、、、（赤城大沼（乃）*cesium*（乃）青（*caesius*）伽、、、、、*Marseille*（乃）、、、、、阿米利加（乃）通り路、、、、、通りゃんせ、、、、、）

á、、、、、露《ロ》天（伽）

'12. 5. 8、、、、、毛、宇、是、環《ワ》、、、、、誰（乃）聲、、、、、奈、乃、加、、、、、等（止）、、、、、粒、焼、居、手、居、留、、、、、乃、環《ワ》、、、、、タシカニ、居留区（インディアン）（乃）境界（尾）、轍（わだち）、、、、、白狼（*loup*）等、、、、、犬、、、、、（乃）佐、架、キ、、、、、和、駄、串、野、、、、、、血（乃）染、不、機、、、、、ニ毛、ニ毛、是（乃）、菜、見、、、、、伽、、、、、。「日時計」十八篇目（乃）「、、、、、こころは秋を感じた」〝地獄〟伽、、、、、幾重（いくじゅう）仁、毛、心（仁）加々、、、、、ッ手、居、多、、、、、。自責、、、、、自ら（尾）責める（乃）伽、、、、、習性（等）（止）、成、手、居、留、乃、太、毛、零、土、毛、、、、、どうやら、〝裂け〟迦羅、、、、、異国（乃）小聲、、、、、這入ッ手、来、手、居留、、、、、。赤《カ》線泥（乃）台所、、、、、是（環《ワ》）、、、、、波音（乃）、、、、、獨言（ひとりごと）奈、乃、太、、、、、毛、零、止、毛、、、、、世、突、手、茂、イル、イル、イル、、、、、、

á、、、、、露《ロ》天(が)、、、、、、
á、、、、、、露《ロ》天(太)、、、、、、

、(阿彌陀仏と菅原孝標女《たかすえ乃むすめ》ノ或る朝ノ会話 Ⅲ)

阿彌陀仏　(Á)、、、、、〝誰ぢゃ、我(仁)傍点振ったは、無法なり〟
孝標女　(T)、、、、、〝やっぱり、あんた、お馬鹿さん！〟
(Á)、、、、、〝はや、我　消えて行くべきや〟(淋しそうに、俯いて居ル、……)
(T)、、、、、〝そうよ、無量寿なんて、大仰《おおげさ》だったのよ〟
(Á)、、、、、〝御千代ガ我(仁)身代りとは、、、、、〟
(T)、、、、、〝やっぱり、あんた、気にしてて、あれ、オドラデク、、、、、〟(gozo(乃)素、機、奈、……)
(Á)、、、、、〝操《あやつ》り木偶《でく》に成り下がり、、、、、〟
(T)、、、、、〝いいのよ、それで、あんた(乃)肩(仁)糸屑、、、、、〟(世、……)
(Á)、、、、、〝捨身飼虎(乃)崖(乃)下、、、、、〟
(T)、、、、、〝さいなら、*a-dieu*、永遠《とこしえ》に〟

巨きな岩蔭で、イブがアダムに、囁いている、、、、

I、、、、、"あんたとも、永遠《とこしえ》に、さようなら"

Á、、、、、"丘(乃)上、野(乃)はな、ただ、ふるへ、、、、、、"

毛［毛］털（体毛）［t'ɔl：トゥル］
＝藁《ホ、》一本《ポ、》、、、、、、

ワ、カ、ホ、

ワ、カ、ホ、

ワ、カ、ホ、

鳴ル鐘《カ、》ヤ響ク鐃鈸《ニョウハチ》ノ如シ

ワ、、カ、、、、、、

金《ン、》
星《セ、》

ホ

「あとがき」か「まへ、がき」か、、、、、それとも、あるいはコレハ、そこがき（底書き）というべきものorところ、誰にも読むことの叶わない性質のもの、ソコに届く筈のものorコトであったのかも知れなかった。もう幾《いくッ》たび、、、、、筆者も、読み襲ねよう、読み解こうとしてきたことか、そのたびごとに、編集者、印刷の方々、さらに原筆者（わたくしめのことだけれども、、、、、）の労苦を想ったことかはかり知れない。そのふかい、こんとん、、、、、（渾沌、、、、、）。きっと丈たかい、柔らかい、優しい本の姿となることだろう。この本の読者諸氏の読むことのご苦労にも想いをとどかせるようにしつつ、掉尾ちかくの、、、、、（一四一頁下段の、、、、、）次の一行を、この書物の底からの光として、、、、、（普通は〝声として、、、、、〟と書くべきだが、下底からあるいは夜からのといってみよぅ、、、、、）顕《た》って来る、何処からとも知れないコトノ葉《ハ》としてみたい。、、、、はや読むことの叶わぬ、亡き人々、、、、、苦難の方々に、この本を捧げる。タレカガ、ドコカデ、、、、、、タダ、テヲカザシテイルダケデ、ソレデヨイ、、、、、（誰かが、何処かで、、、、、ただ、手を翳しているだけで、それでよい、、、、、、）。みすず書房編集部、なかんずく鈴木英果さん、製作、営業、組版、印刷、製本の方々、装幀にかかわって下さった中島浩さん、鈴木余位さん、木奥恵三さんに感謝を。

2 May 2016　吉増剛造

吉原洋一撮影

著者略歴

（よします・ごうぞう）

1939 年東京生まれ．1964 年に『出発』（新芸術社）でデビューして以来，現代詩の最先端を疾走し続けている．おもな詩集に，『黄金詩篇』（思潮社，1970 年，高見順賞），『熱風　*a thousand steps*』（中央公論新社，1979 年，歴程賞），『オシリス，石ノ神』（思潮社，1984 年，現代詩花椿賞），『螺旋歌』（河出書房新社，1990 年，詩歌文学館賞），『花火の家の入口で』（青土社，1995 年），『「雪の島」あるいは「エミリーの幽霊」』（集英社，1998 年，芸術選奨文部大臣賞），『ごろごろ』（毎日新聞社，2004 年），『表紙 omote-gami』（思潮社，2008 年，毎日芸術賞）などがある．散文作品に，『朝の手紙』（小沢書店，1974 年），『わたしは燃えたつ蜃気楼』（小沢書店，1976 年），『盤上の海，詩の宇宙』（羽生善治との対話，河出書房新社，1997 年），『ドルチェ—優しく』（A・ソクーロフ・島尾ミホとの対話，岩波書店，2001 年），『燃えあがる映画小屋』（青土社，2001 年），『キセキ　gozo Ciné』（オシリス，2009 年），『我が詩的自伝　素手で焰をつかみとれ！』（講談社現代新書，2016 年），『GOZO ノート』（全 3 巻，慶應義塾大学出版会，2016 年），『心に刺青をするように』（藤原書店，2016 年）などがある．2015 年，日本芸術院賞・恩賜賞，日本芸術院会員．2006 年から映像作品「gozo Ciné」を発表する．朗読パフォーマンスの先駆者としても知られ，1960 年代から現在まで，日本各地およびフランス・イタリア・アメリカ・ブラジル・韓国などで詩の朗読を行なっている．2016 年 6 月から，東京国立近代美術館で「声ノマ　全身詩人，吉増剛造展」が開催される．

吉増剛造

怪物君

2016年5月18日　印刷
2016年6月6日　発行

発行所　株式会社 みすず書房
〒113-0033 東京都文京区本郷5丁目32-21
電話 03-3814-0131(営業) 03-3815-9181(編集)
http://www.msz.co.jp

本文組版 キャップス
印刷所 精興社
製本所 誠製本
装幀 中島 浩
本文図版撮影 鈴木余位
カラー図版撮影 木奥恵三

Printed in Japan
ISBN 978-4-622-07986-6
[かいぶつくん]

怪物君

吉増剛造

みすず書房